CAMBIO DE MARCHA

MIGUEL MENA

Cambio de marcha

ALBA

A Joven

ALBA EDITORIAL, S.L.U.
Baixada de Sant Miquel, 1
08002 Barcelona
www.albaeditorial.es

Primera edición: noviembre de 2000
Segunda edición: enero de 2003
Tercera edición: noviembre de 2011

ISBN: 978-84-8428-066-8
Depósito legal: B-38433-2011

Impresión: Book Print Digital
Botánica, 176-178
08908 (L'Hospitalet de Llobregat) Barcelona

Impreso en España

A Viky Alejandre y Juan Luis Cortés, M.ª Jesús Arnal
y M.ª Jesús Serrano, el equipo imprescindible
para las etapas más duras

1

Raquel se estampó contra el suelo en la segunda o tercera curva después de Roncesvalles, al lado de una señal de tráfico, en un lugar con ortigas en la cuneta y flechas amarillas pintadas sobre el asfalto. Todo fue tan rápido que ni siquiera tuvo tiempo para gritar. Se estrelló de forma aparatosa pero casi en silencio, como si no quisiera molestar a los animales del bosque que atravesábamos.

He visto caerse de la bici a los mejores velocistas del pelotón internacional, especialmente en las etapas llanas del Tour, pero Raquel no dio una de esas espectaculares volteretas que a veces aparecen en la televisión. Ella derrapó sobre un rastro de gravilla, se ladeó, perdió el control y acabó arrastrándose de costado por la carretera. Fueron muy pocos metros, aunque suficientes para desgarrar su pantalón corto y rasparse media pierna con una de esas heridas que sangran poco pero se extienden mucho.

Juanma iba detrás y la esquivó de milagro. Sólo por

centímetros se libró de reunirse con ella sobre la calzada, en un revoltijo de brazos, piernas, manillares y pedales. Loreto, Alicia y yo, un poco más atrás, lo vimos con la distancia suficiente para frenar y ser los primeros en socorrerla.

–¡¿Te has hecho daño?! –pregunté mientras la ayudaba a incorporarse.

–No, Francho; no ha sido nada –respondió Raquel, mientras se frotaba la pierna donde tenía una herida que desmentía sus palabras.

No sé si era mayor el dolor o la rabia de caerse tan pronto, en los kilómetros iniciales de nuestra primera jornada en el Camino de Santiago. Por la cara que llevaba, y por el genio con que se levantó, supuse que había algo de las dos cosas y quizá mucho más de lo segundo. Así que mejor no comentarle que también algunos barcos se van a pique poco después de que rompan sobre ellos una botella de champán. No la veía con humor para hablar de naufragios.

David, Kino y Belén, que abrían la marcha, continuaron casi un kilómetro adelante antes de darse cuenta de que no los seguíamos. Entonces retrocedieron hasta descubrir lo que había pasado y los ocho nos juntamos en el mismo punto. Una imprevista reunión en el arcén, en la que siete estábamos enteros y una, casi troceada; pero lo que Raquel mantenía intacto era su carácter y también la determinación de seguir a pesar de tan mal comienzo. Al menos la bicicleta no había sufrido ninguna avería por el golpe. Tampoco su equipaje, aunque el saco de dormir, que coronaba los bultos en la parrilla sobre la rueda trasera, rozó con el asfalto y su funda sufrió una rasgadura que no se arreglaba con agua oxigenada.

–¡Bien empezamos! –exclamó David, mientras desenfundaba nuestro pequeño botiquín de urgencias–. A este paso tendrás que seguir el camino en ambulancia.

Loreto se tomó al pie de la letra el comentario y extrajo rápidamente el móvil del bolsillo de su maillot.

–¿Quieres que llame a la Cruz Roja? –dijo, enseñándonos el teléfono.

Su padre se lo había regalado antes de comenzar el viaje y era su aportación a nuestra seguridad durante el Camino. Habíamos decidido que con ése nos bastaba y Loreto demostró que se moría de ganas por tener una emergencia en la que usarlo, pero la situación no parecía tan grave.

–¡Ni se te ocurra! –dijo, muy tajante, la propia accidentada.

–Sí, llámalos –intervino Juanma, gritando mucho, como siempre que olvida bajar el volumen del walkman antes de hablar–; pero que vengan en helicóptero y nos lleven a todos a Santiago.

Ésa no era mala idea, incluso propusimos otras complementarias como viajar en limusina, en globo o en velero, dando un rodeo por el Cantábrico. Todo muy lujoso y muy relajado; en nada parecido a lo que habían sido nuestras previsiones cuando pensamos por primera vez en hacer el Camino de Santiago.

Eso surgió meses antes de acabar el curso. No recuerdo de quién fue la idea. Puede que empezara David, o tal vez se le ocurrió a Belén que siempre ha sido muy aventurera. Alguien dijo que, puesto que ése era nuestro último curso juntos, debíamos planear algo grande para celebrarlo. Algo especial; algo diferente. No valía la típica excursión a Mallorca, todos en manada, para hacer lo mismo que un sábado cualquiera en nuestra ciudad pero en la playa y rodeados de alemanes.

Debíamos de estar atravesando una temporada especialmente sana para que alguien propusiera la marcha cicloturista. En realidad, la primera vez que se habló de ir a Santiago se barajó la idea de hacerlo andando –con hábito, sombrero, concha al cuello y calabaza en la cintura; incluso alguien aventuró que venderían uniformes de peregrino en las tiendas de *Coronel Tapioca*–, pero echamos cuentas y eso era un mes de caminata. Optamos por algo más breve y en apariencia más descansado. La bici agota poco cuesta abajo, y cuando el camino se empina siempre puedes bajarte y subir a pie, despacito, a ritmo de peregrino reumático.

Poco a poco fuimos perfilando el plan de viaje, las fechas propicias y la lista de participantes. Llegamos a figurar quince candidatos. Cuando se conoció la idea en nuestro entorno, más de un compañero solicitó permiso para unirse a la expedición, entusiasmado con la perspectiva de realizar la famosa ruta jacobea. Después, las notas y los conflictos familiares, más la falta de tiempo o voluntad para entrenarse un poco con la bici en los meses previos, echaron atrás a casi la mitad de los previstos. Al final quedamos los de siempre y alguno más: Juanma, David, Belén y yo, que llevamos muchos años en la misma clase; Kino y Raquel que se habían incorporado el último año –él venía de Tudela y ella de Tarazona– y enseguida habían conectado con nosotros; más Alicia y Loreto, que eran de otra clase pero parecían de la nuestra desde que la primera de ellas empezó a salir con Kino (nada más comenzar el curso; uno de esos flechazos propiciados por las fiestas del Pilar). Ocho ciclistas para compartir casi ochocientos kilómetros. Apenas una cuarta parte de un Tour de Francia. Ninguna proeza en particular, aunque nosotros pedalearíamos con el equipaje a cuestas, las bicis menos ligeras y unas piernas poco acostumbradas a enfrentarse con las grandes rampas.

–No hay problema –había comentado David al repasar los mapas–; hasta Astorga es casi todo llano.

Nadie dijo que las planicies también pueden hacerse muy largas con el viento en contra o que los descensos entrañan otros riesgos, como muy bien acababa de comprobar Raquel. Los preparativos fueron una fase de optimismo generalizado, donde todos veíamos un trayecto liso y despejado, sin ningún obstáculo, sólo paisajes llenos de color y monumentos cargados de historia y arte. Pero nada de eso parecía la pierna de Raquel cuando el agua oxigenada se deslizaba por los surcos que en ella había abierto el asfalto. No era un panorama de los que enseñan en las guías turísticas.

–Te va a quedar una pierna muy vistosa para llevar minifalda –comentó Belén–. Puedes estar segura de que llamarás la atención.

–La próxima vez hago el Camino andando –respondió Raquel–; por lo menos las ampollas en los pies se disimulan con los zapatos.

–¡Nada de disimular! –insistió Belén–. Tú, a partir de mañana, a lucir cardenales. Eso destaca una barbaridad y facilita muchos contactos. Ya verás cuánta gente se interesa por ti.

Yo mismo estaba admirado. Me sorprendía que Raquel no diese ningún alarido ante una cura que tenía que escocer mucho. Creo que yo hubiera gritado alguna de esas expresiones que tanto molestan a mi madre, pero Raquel no mostró ni una queja, y además insistió en que arrancáramos cuanto antes. Estaba dispuesta a pedalear hasta que la pierna se le cayera en pedacitos. O se había sumergido en la marmita del druida Panoramix o tenía mucho genio oculto que no le habíamos notado durante el curso.

Le hicimos caso y reanudamos la marcha. Yo iba atento a Raquel, pensando que su alarde de fortaleza había sido sobre todo orgullo, que en algún momento flaquearía y habría que echarle una mano. Pero, mientras estaba pendiente de ella, quienes empezaron a flojear fueron otros.

Juanma no desenchufaba el walkman en ningún momento y eso acabó por agotarle. Inconscientemente, sus piernas intentaban seguir el ritmo de la música, algo que le restaba concentración y hacía que pedalease de forma anárquica. Arrancaba en las cuestas con la velocidad de un rock and roll, pero a la segunda rampa no tenía fuerzas ni para bailar una sardana.

Cuando coronamos el alto de Erro, Juanma resoplaba como una mula asmática.

–Subirías mejor sin música –le sugirió Kino.

–¡¿Cómo dices?! –preguntó Juanma, entre toses.

–¡Que no se puede dar pedales y bailar al mismo tiempo! –remachó Belén.

–¡¿Que si vamos a llegar a bailar a tiempo?! –dijo Juanma, mitad sordo, mitad perplejo–. No; yo esta noche no salgo.

No merecía la pena insistir. Lo dejamos por imposible. Tal vez la única manera de hacerle entrar en razón sería quitarle las pilas, una sustracción que ni David ni yo descartamos. Como tampoco desechamos la idea de esconderle el teléfono a Loreto. A ella también le perjudicaba cargar con un aparato. Lo notó cuando, en medio de un largo descenso, su móvil empezó a sonarle en la espalda. Primero se llevó un susto que estuvo a punto de hacerle perder el equilibrio, y luego dudó unos segundos si debía pararse o seguir bajando para no perder el contacto con el resto del grupo. Cuando por fin optó por detenerse para saber quién llamaba, los timbrazos cesaron de repente y tuvo que conformarse con oír el buzón de voz.

–Era mi padre –dijo cuando nos dio alcance–. Dice que volverá a llamar.

Su padre cumplió la promesa dos veces antes de que llegásemos a Pamplona, y también llamó la madre de Alicia y una hermana de Kino. La familia es muy pegajosa cuando tiene ocasión de controlarte.

Cada llamada suponía un parón para Loreto, aunque no siempre llegaba a tiempo de contestar. Eso rompía el ritmo tanto o más que el walkman, por lo que Juanma y ella acabaron bastante descolgados.

Los esperamos a la entrada de Pamplona y no tenían aspecto de poder continuar mucho más allá.

–Estoy muerto –confesó Juanma.

–Pues resucita, que aún nos queda un poco más –dijo David.

David apostaba por alargar la jornada y llegar a Puente la Reina. Eso encajaba con las previsiones que habíamos hecho sobre el plano, cuando preparábamos las etapas en casa, pero una vez que el mapa se convirtió en terreno auténtico, cuando ya no lo recorríamos con un dedo siguiendo líneas de colores sino sobre dos ruedas de tracción humana, con equipaje y luchando contra la ley de la gravedad, casi todos estuvimos de acuerdo en que era mejor improvisar y decidir sobre la marcha –consultando a nuestras piernas– en qué sitio correspondía finalizar cada etapa. Y, aunque no fueran «sanfermines», Pamplona parecía un buen lugar.

–Yo me quedo aquí –exclamó Juanma–. Tú sigue un poco más si quieres. Si te sobran fuerzas puedes llevarte también mi mochila. A mí con el saco de dormir me sobra.

–Yo me quedo con Juanma –dijo rápidamente Loreto.

–Y yo –suscribió Alicia.

David se volvió hacia mí buscando algún cómplice que respaldara su empeño por avanzar:

–¿Tú qué dices, Francho? –preguntó, casi suplicando mi adhesión.

–Yo creo que no está mal para el primer día.

–Pero no era lo previsto.

–Tampoco habíamos previsto que Raquel se cayera.

–Ya sabía que acabaríais echándome la culpa de los retrasos –intervino Raquel por alusiones–. Pero por mí seguimos; aunque sea arrastrando la bicicleta.

No veíamos la necesidad de tanto sacrificio. Como nadie más respaldaba a David, se aceptó Pamplona como fin de la primera etapa y finalizó la discusión. Allí pondríamos el segundo sello a nuestra credencial de peregrinos, el documento que debíamos rellenar día tras día para justificar el recorrido y tener derecho al diploma final.

En la capital navarra encontramos el refugio jacobeo junto a la iglesia de San Saturnino y allí caímos rendidos todos, no sólo Juanma. De repente nos vino todo el cansancio encima. Cuando ya estábamos instalados, Belén propuso dar un paseo por el Casco Viejo o acercarnos al parque de la Taconera para ver los ciervos. Sólo la secundó David. A los demás nos dio pereza. Sólo hacía veinticuatro horas que habíamos estado en Pamplona, adonde llegamos en tren, con las bicis facturadas previamente, para después tomar el autobús de «La Montañesa» que nos trasladó hasta Roncesvalles con nuestros vehículos desmontados en el maletero.

El día anterior no habíamos dispuesto de mucho tiempo para hacer turismo, pero en ese instante el monumento que más admirábamos tenía forma de colchón. Así que Belén y David salieron solos. Dieron una vuelta por la plaza del Castillo, caminaron por las calles que recorren los toros en julio y llegaron hasta la Ciudadela. Regresaron con ganas de contarnos que habían encontrado Pamplona muy agradable, más aún que el día anterior (ya inmersos en el Camino, todo se veía de otra manera), pero tuvieron que decírselo a un francés que compartía nuestro dormitorio, porque a nosotros nos encontraron dormidos. Creo que el francés les dio la razón, aunque también es probable que no entendiera una palabra.

- empezaron el viaje despues de planificarlo por largo tiempo
- Raquel se cae y se rasca la pierna
- Juanma está agotado porque anda siempre con música
- deciden dormir en Pamplona en vez de terminar la etapa planificada
- Belén & David recorren Pamplona

2

A la hora de descansar no hubo discusiones. Dormimos todos con absoluta unanimidad, profundamente, como si el día anterior hubiéramos recibido una descomunal paliza. Cuando despertamos ya se habían marchado casi todos los demás ocupantes del refugio. Nuestro grupo amaneció tarde, pero en mejores condiciones de lo que permitía prever el final de nuestra primera jornada. Al inicio de la segunda etapa, éste era nuestro parte médico-psicológico:

Raquel: diversas erosiones en la pierna derecha, más algunos cardenales distribuidos irregularmente; pero a ella le quedaban bien hasta las heridas. La moral seguía inquebrantable.

Juanma: agujetas hasta en las orejas, pero animado y dispuesto a reemprender el camino. Le sugerimos que buscase alguna cinta de canto gregoriano como método curativo. El rock lo estaba agotando.

David: hecho un toro. Listo para embestir a una

nueva etapa y demostrar que era el mejor preparado para la prueba.

Belén: sin alteraciones. Resuelta y constante, como es ella.

Loreto: estado físico aceptable, pero gran disgusto al comprobar que olvidó dejar recargando el móvil y estaba a punto de quedarse sin batería.

Alicia: ninguna lesión; nada preocupante en cuanto a molestias musculares, pero con un confesado dolor de culo que achacó a la rigidez del sillín.

Kino: tranquilo y entero; contento de estar en su tierra y más aún de hacerlo junto a su chica.

Francho (o sea, yo): bien; mejor de lo previsto la noche anterior y muy por encima de lo que había pronosticado mi madre desde muchos meses atrás.

El buen tono general se notó en el desayuno. Lo hicimos con ganas y entre bromas, lamentando no haber dispuesto de una cámara de vídeo para inmortalizar el castañazo de Raquel.

–En la tele dan pasta por esos vídeos –comentó Juanma.

–Pues recuérdame que te tire cuando pasemos por el Ebro –dijo Raquel–; ya te mandaré luego una comisión.

Después de desayunar, mientras preparábamos las bicis y Loreto recargaba un poco el teléfono, Belén se propuso dejar un mensaje en el libro de peregrinos, un gran cuaderno donde todo el que le apetecía dejaba su firma o algún comentario. Ya en Roncesvalles, durante la noche previa a nuestra primera etapa, había descubierto esta costumbre y se había entretenido leyendo las reflexiones y saludos que se anotaban en ese peculiar diario de viaje compartido por cientos de personas.

Antes de escribir, buscó la inspiración revisando las palabras de quienes nos habían precedido en las últimas jornadas. También quiso comprobar si se repetía alguna firma de las que había visto en Roncesvalles, donde leyó más de una frase que le llegó al alma. Sonrió con la nota dejada por un peregrino británico («Me voy antes de que estas calles se llenen de toros y corredores suicidas» venía a decir, más o menos, según tradujo Belén), y leyó otros que sólo eran palabras de ánimo o listas de nombres con su correspondiente procedencia («Curro y Julio, de Almería, pasaron por aquí de camino hacia Santiago. ¡Que la fuerza os acompañe!», dejaron anotado dos andaluces que no parecían devotos del santo, sino de *La guerra de las galaxias*). Pero el que más le llamó la atención fue otro, escrito tres días antes, que tenía algo de enigmático; decía: *«Algunos hombres consiguen realizar sus sueños, pero sólo unos pocos los encuentran en el amor y la naturaleza. Me pregunto qué me espera al final del Camino y sé que sólo puede ser algo bueno»*. La letra, muy cuidada, le resultó familiar porque ya en Roncesvalles se había fijado en ella y en su firma: Juan Peregrino, una rúbrica lo bastante enigmática como para pensar que ocultaba el verdadero nombre.

–Pues no sé qué le ves –dijo Juanma–. A mí me parece un poco hortera.

–Porque tú eres tan romántico y tan poético como una plancha de vapor –replicó Belén–. Tú habrías puesto: «Busco tía para salir de marcha en Compostela; os espero en la catedral».

–Te equivocas; las esperaría en un bar, ¿o piensas que las invito a beber agua bendita?

–¿Sabes si el agua bendita tiene sales minerales?

–preguntó David–. A lo mejor es una bebida energética.

Cuando salimos del albergue aún seguían discutiendo sobre relaciones personales y refrescos isotónicos. Luego tuvieron que dejarlo porque no era fácil hablar mientras atravesábamos la ciudad, acosados por un tráfico intenso.

Éramos demasiados ciclistas para la paciencia de algunos automovilistas, que pitaban para que los dejáramos pasar.

–¡Pita, pita! ¡Como no te apartes tú! –gritó Juanma a uno de ellos.

Ese desplante nos permitió apreciar que un claxon puede superar los decibelios del rock duro; de otra manera resultaba incomprensible que Juanma escuchase alguna cosa por encima del walkman.

Por fin desembocamos en la carretera y nos pusimos en fila india con Alicia y Loreto delante, marcando el ritmo, hasta que David se cansó de avanzar tan despacio y dijo que se adelantaba, que no era necesario ir todos de la mano. Prefería correr un poco más y esperarnos. Juanma dio muestras de su recuperación marchando tras él. Belén también pasó al grupo cabecero. Incluso Kino se desentendió por un rato de su chica y tiró hacia adelante. Al final, hasta Raquel y yo acabamos por sobrepasar a las dos más lentas mientras ascendíamos el alto del Perdón

A Loreto y Alicia se les hizo muy duro encontrarse con aquella subida en los primeros kilómetros, pero lo superaron y luego tuvieron la recompensa de un rápido descenso. Las esperamos en el punto donde la carretera que seguíamos se unía con otra que venía de Jaca y Sangüesa, junto a un pequeño monumento con un peregrino de chapa (barbudo y con un bastón casi más alto que él), bajo el cual se leía: *«Y desde aquí, todos los caminos a Santiago se hacen uno solo»*. Allí se unía la ruta procedente de Somport con la de Roncesvalles y eso nos pareció una buena excusa para hacernos una foto.

Apoyamos las bicis en las señales de tráfico, detrás del peregrino metálico, y luego lo rodeamos; unos a sus pies, otros pasándole la mano por el hombro, incluso alguno simuló besarle en una de las muchas fotos que tomamos. Mientras estábamos en ese revoltijo, en un momento en el que todos gritábamos «¡pa-ta-ta!», pasaron dos peregrinos en bicicleta. El que iba delante alzó la mano y gritó «¡Ultreia!» al cruzar frente a nosotros. Bueno, eso lo supimos después, porque con el alboroto cada uno entendió una cosa distinta.

–¿Qué ha dicho? –preguntó Raquel.

–Algo en italiano –dijo David–. Pompeya o algo así.

–Pues yo le he entendido «camella» o «botella»,... algo parecido –especuló Juanma, demostrando lo atrofiado que tenía el oído.

–¡Cómo va a decir «camella»! –exclamó Belén–. Habrá dicho adiós, hasta luego... algo de ese estilo.

Reemprendimos la marcha con más especulaciones sobre qué habría querido decir aquel colega. Para unos era un saludo, para otros un insulto por estar haciendo el idiota en el monumento; tal vez una advertencia que no entendimos o en realidad algo que gritó a su compañero en una lengua irreconocible.

Con esa incertidumbre llegamos a Puente la Reina, y también con algún comentario hacia Belén diciéndole que el mensaje que tanto le había gustado era obra del peregrino de chapa horas antes de convertirse en estatua.

–Le ha castigado Dios, por plasta –insinuó Juanma.

–Si fuese por eso, ya te habría mandado un rayo a ti hace tiempo –se defendió Belén.

Con esa armonía nos plantamos en el pueblo, donde Belén, picada en su orgullo por los comentarios, se empeñó en buscar el refugio para curiosear otra vez en el libro de mensajes.

–Nos vemos en el puente –insistió, sin dejarse convencer para que pasara de ese asunto–. Vosotros, mientras, haced turismo.

No tardó mucho en volver con nosotros, y lo hizo radiante. Tenía dos motivos para ello: había encontrado un nuevo mensaje del misterioso «Juan Peregrino» (cuyo contenido se negó a desvelarnos para evitar más bromas) y el encargado del refugio le había traducido el significado de lo que nos gritaron mientras hacíamos las fotos:

–¡Ultreia! –gritó Belén– Nos ha dicho «ultreia».

Eso no decía gran cosa. Camella, botella y Pompeya podían sonar raro, pero al menos entendíamos su significado, pero ¿qué era eso de «ultreia»? ¿Latín? ¿Euskera? ¿Rumano? Por suerte Belén traía la explicación completa:

–Es una expresión que dicen los peregrinos para darse ánimo. Significa algo así como ¡adelante! Es un saludo. Me han dicho que lo escucharemos mucho de aquí a Santiago.

¡Ultreia! Nos hizo gracia la expresión. ¡Adelante! ¡Más allá! ¡Venga, vamos! ¡Hasta el final! Cruzamos el puente sobre el río Arga repitiendo la palabreja que se nos había pegado al oído y así seguimos un buen rato: le gritamos ¡ultreia! a un pastor; a un chaval que hacía auto-stop en una gasolinera, a unos obreros que parcheaban la calzada y a las vacas que pacían tranquilamente tras un cercado. Y cuando estábamos llegando a Estella, yo también le grité ¡ultreia! a una moto que me adelantó. Fue automático, instintivo; lo hice con mi mayor chorro de voz y levantando el brazo para saludar. Pero el motorista debió de interpretar otra cosa y se echó a la derecha mientras hacía gestos para que me detuviera. Sólo entonces me percaté de que iba de uniforme y que por detrás llegaba otro igualito a él, y no porque fuesen hermanos gemelos sino agentes de carreteras de la policía foral de Navarra. Había perdido una estupenda oportunidad para quedarme callado.

–¡Documentación! –exclamó el policía en cuanto me detuve a su lado.

Tuve que emplearme a fondo para convencerle de que no había sido un insulto lo que grité a su paso, y que no levantaba el brazo con gesto amenazador sino amistoso. En la tarea me ayudaron todos los demás, quienes fueron parando a mi lado al ver que estaba en apuros.

Belén quiso darle clases de latín. Raquel mostró su pierna herida para inspirar solidaridad. Kino argumentó que su madre era de un pueblo vecino. David aludió a la inocencia de los peregrinos. Alicia invocó la protección del santo. Juanma bajó el volumen de la música y preguntó qué ocurría. Loreto ofreció su móvil para llamar a un abogado.

No sé si le convencimos, le dimos lástima o simplemente acabó aturdido con tanta gente excusándose a la vez, lo cierto es que nos dejó continuar después de recomendarnos severamente que circuláramos con cuidado, pegaditos a la derecha, con las dos manos firmes en el manillar y sin provocar a otros vehículos que pasaran por nuestro lado. Sólo le faltó obligarme a rezar un padrenuestro mientras pedaleaba. Yo prometí que obedecería y también juré a mis compañeros que en adelante, en los muchos kilómetros que faltaban para llegar a Santiago, me limitaría a saludar cortésmente pero sin latinajos ni nada que se pudiera malinterpretar.

–Buenos días, buenas tardes, buenas noches... y punto –advertí–. Las lenguas muertas no traen más que problemas.

–Lo que pasa es que tienes que mejorar la pronunciación –dijo Raquel–. Hablas latín con acento aragonés, y eso levanta las sospechas de cualquiera.

No tenía fuerzas para replicar. El susto me había dejado sin recursos. Me limité a sonreír mientras reiniciaba la marcha y a mis espaldas todos los demás, berreando como ultras, gritaban a coro ¡¡¡ultreia!!! Al parecer no querían pasar la noche en un refugio, sino en la comisaría más próxima.

- 2ª etapa
- diario de peregrinos → „Juan Peregrino"
- „Ultreia" → discusión qué gritó el hombre
  ↳ Belén se entera („adelante")
- Franche se lo grita a policía → los frenan
  ↳ dejan ir después de muchas excusas

3

Esta vez Belén no pudo evitar que curioseáramos el mensaje del peregrino al que seguía la pista. Este personaje también había impreso uno de sus recados en Estella y Juanma se encargó de recitarlo en voz alta, leyéndolo por encima del hombro de Belén:

–*«¿Y si las flechas amarillas apuntasen al fondo de nuestros corazones?* –declamó teatralmente– *Cada paso que damos en el camino nos acerca un poco más a nosotros mismos»*... Es un cura, Belén, ¡este tío es un cura! –exclamó.

Los demás secundamos esa idea: cura, fraile, sacristán, monaguillo... dimos un repaso al escalafón y le adjudicamos todo tipo de cargos eclesiásticos.

–A lo mejor es el Dalai Lama –sugirió Kino–. Esta ruta es cada vez más cosmopolita.

Pero no. Aunque las flechas que señalan la buena dirección en el Camino de Santiago son de color amarillo, eso no quiere decir que lo frecuenten peregrinos orientales. No parece un buen lugar para líderes budistas. Ellos creen en la reencarnación y no pensarán que el apóstol Santiago está enterrado en Compostela, sino que se ha convertido en una libélula, un gato siamés o un bombero. Seguro que Belén empezaba a pensar algo así del misterioso peregrino cuyos mensajes perseguía de pueblo en pueblo. Esperaría encontrarlo encarnado en un campeón olímpico, un príncipe heredero o un actor de Hollywood. Aunque ella decía que se conformaba con que se tratase de un tipo sensible y honesto, como parecía transmitir en sus mensajes.

–Pero lo más probable es que no lo conozca nunca –comentó, en un tono pesimista.

–No desesperes –la animó Raquel–. Sólo nos lleva tres días de ventaja. En cuanto estemos un poco más entrenados, metemos el turbo ¡y a por él!

El inicio de nuestro tercer día de viaje todavía no era el momento indicado para acelerones. Las piernas empezaban a acostumbrarse al ejercicio continuo, pero aún tenían que habituarse el corazón y los pulmones; y también la cabeza porque la mentalización es imprescindible para rendir al máximo. Se lo comenté a Raquel y estuvo de acuerdo conmigo. Me aseguró que ella estaba tan mentalizada que ni siquiera recordaba haberse caído.

–A lo mejor sólo fue una ilusión óptica –dijo sonriendo.

–Nadie diría eso mirando tu pierna –comenté en un ataque de realismo.

–Pues mírame más a la cara y déjate de cicatrices.

Siempre estoy abierto a las sugerencias y ésa me encantó, aunque tal vez la hizo con segundas intenciones. Quizá Raquel ya había notado que en los últimos días observaba con detenimiento algo más que sus heridas. Cosas que pasan y ni siquiera sabes por qué.

Al salir de Estella procuré hacerle caso y pedalear en una posición cómoda para mirarla; y eso hacía cuando sonó el móvil de Loreto. Como íbamos agrupados, nos detuvimos todos. Llamaba la hermana de Alicia para preguntar por una falda que no encontraba. Estuvimos cinco minutos escuchando las instrucciones para que la buscase en el cajón de arriba, en el de abajo, en la mesilla, en el canapé, en la ropa sucia... Sólo le faltó mirar en el horno. Así hasta que apareció. Cuando se resolvió el enigma, David no podía disimular su cara de cabreo.

–¡Apaga el teléfono! –le ordenó a Loreto.

–¿Por qué?

–No podemos perder más tiempo por esas idioteces.

Alicia salió en defensa de Loreto, se autoinculpó (a medias con su hermana) como responsable de la parada y prometió que no volvería a ocurrir. Pero David insistió en que había que apagar el teléfono.

–Cuando no llame tu hermana será la madre de Francho, la prima de Kino o la abuela de Juanma.

No sé por qué metió a mi madre en el lío, pero ni siquiera eso sirvió para convencer a Loreto. Aunque sólo fuese por orgullo, dijo que no lo apagaba y que nadie estaba obligado a detenerse cuando sonara.

–Ya os cogeré los recados –dijo, desafiando a David.

No era la mejor manera de empezar el día. Además, muy poco después de la discusión volvimos a detenernos todos y esta vez no tuvo la culpa el teléfono. Fue en la fuente del vino, en unas bodegas junto al monasterio de Irache. Se trata de un grifo adosado a una pared exterior. Por allí brota el vino con el que los bodegueros agasajan a quienes pasan. No ponen ningún límite al consumo, pero un cartel aconseja beber con moderación. En nuestro caso no hacía mucha falta el recordatorio porque todos acabábamos de desayunar y a esa hora no es muy apetecible, pero Juanma no estaba dispuesto a desaprovechar nada que nos ofrecieran gratis.

–Si no lo probamos, les hacemos un feo a estos señores tan generosos –dijo antes de amorrarse al grifo.

Nadie más lo secundó. A todos se nos revolvía el café en las tripas sólo con verlo.

–La próxima vez deberíamos pasar por aquí a la hora del aperitivo –comentó Raquel.

–Eso tiene fácil arreglo –dijo Juanma, a quien ya parecía hacerle efecto el tinto–. ¡Vamos a llenar los bidones!

Su idea no produjo ningún entusiasmo. A nadie le hacía gracia la idea de pasar sed subiendo una cuesta y tener que aplacarla con un trago de vino. Al final, para que Juanma se quedara contento, decidimos llenar sólo cuatro de nuestros recipientes por si alguien quería tomarlo cuando parásemos a comer un bocadillo. Yo me negué a ser uno de los que lo portaran: sólo me faltaba volver a cruzarme con el policía de tráfico y que me sorprendiera con semejante combustible en la bicicleta. Ya me veía detenido otra vez, soplando por el alcoholímetro y dejando una imagen nefasta ante las fuerzas de orden público. No podía permitirme más tropezones, al menos hasta que cambiásemos de comunidad.

Después de repostar en Irache seguimos nuestra

ruta, alternando tramos de carretera con aquellos del viejo camino por los que no había dificultades para circular con las bicicletas. Unos preferían ir más deprisa por el asfalto y otros apostábamos por la tranquilidad de las pistas de tierra, aunque fuese a costa de un poco más de esfuerzo. Loreto y Alicia no eran de esa opinión.

–Hay que buscar siempre el camino más cómodo –me dijo una de ellas.

–¿El que pasa por el aeropuerto?

–No, idiota; ya sabes a qué me refiero: el más llano, el que dé menos vueltas. No hay que poner las cosas más difíciles de lo que son.

–Pues mira los alpinistas, siempre buscando la cara más complicada para subir al monte.

–¿Y qué? ¿Tú has visto alguno que haya subido el Everest en bici?

Ciertamente, ese prodigio todavía no se ha obrado, pero también es un poco exagerado comparar el Himalaya con los Cogoticos de la Raicilla, el paraje montañoso que tuvimos que atravesar antes de llegar a Los Arcos. En este último pueblo nos detuvimos a echar un bocado y Belén aprovechó para preguntar por el refugio y curiosear si había algún otro mensaje de su Juan Peregrino (Juanma ya empezaba a llamarlo «Juan Pestosillo»). Aquí no encontró nada, o tal vez nos mintió para evitar que volviéramos a burlarnos de su empeño perseguidor. Lo que sí hizo fue dejar otro nuevo mensaje en nuestro nombre.

–¿Te imaginas que viene alguien por detrás interesado por los mensajes que vas dejando tú? –preguntó David.

–No creo –dijo Belén, quitándose importancia–. Sólo pongo tonterías.

Le propusimos que se esmerara un poco, que sacara lo mejor de sí misma y escribiese las cosas más enigmáticas y poéticas para cautivar a algún otro que nos siguiera. Pero se negó a entrar en el juego; con lo que nos hubiese gustado a todos vernos alcanzados por unas decenas de individuos locos de amor por las frasecitas de Belén.

El resto de la jornada proseguimos por la carretera. Se impuso la tesis de los que veían en ella un trazado más suave, aunque luego tendrían que reconocer que la sobredosis de camiones que hubimos de soportar era cualquier cosa menos cómoda. Camiones de todo tipo. Enormes vehículos articulados y otros más pequeños y compactos. Camiones que transportaban conservas, la mayoría, pero también otros que acarreaban chatarra, madera, electrodomésticos o coches. Los peores, con diferencia, eran los camiones de ganado. De repente te adelantaba uno de ellos, con decenas de animales apelotonados, y sentías que te faltaba el aire.

–¡Oxígeno! –gritó Kino al paso de uno de ellos–. ¡Una botella de oxígeno que me asfixio!

No era el único que tenía dificultades al respirar ese aroma denso y fétido que se nos quedaba pegado durante un rato. Loreto juró que había estado a punto de vomitar cuando le llegó una de esas ráfagas y se le agarró a la garganta.

–Pues imagínate si te llega a adelantar un camión con queso de Cabrales –dijo Raquel para consolarla.

Por suerte, los últimos kilómetros del día no nos trajeron el olor de estiércol y purines, sino el aroma de arcillas y viñedos que anunciaba nuestra entrada en La Rioja. Logroño aparecía en el horizonte, detrás del Ebro. Allí habría que ver si Raquel cumplía su promesa de arrojar a Juanma al río para obtener imágenes excitantes con las que concursar en la televisión.

A la hora de la verdad, se contuvo. Pasamos sobre nuestro río más familiar sin prestarle ninguna atención (ya lo teníamos muy visto en casa) y nos adentramos en la capital riojana siguiendo las indicaciones de Belén, que manejaba el plano para llegar al refugio.

Nuestra agenda en Logroño no señalaba ningún compromiso especial. Después de ducharnos, comer algo y descansar un poco, cada cual planificó la estancia a su gusto: unos alargando la siesta hasta la hora de la cena, otros saliendo por el Casco Antiguo, visitando la catedral, la calle Mayor, el Espolón y algunos rincones típicos, sin que faltara algún bar hacia el que nos atrajo el instinto infalible de Juanma. Él fue también quien se enteró de la celebración de una verbena, esa misma noche, en un lugar próximo al río. Una fiesta de barrio para la que no se precisaba etiqueta. Incluso unos ciclistas un poco desastrados serían bienvenidos.

Entre nuestros propósitos al iniciar el Camino no figuraba la meditación trascendental, el ayuno, la abstinencia y recogernos en oración cada noche, pero tampoco habíamos previsto ocupar las vísperas de una nueva etapa yéndonos de juerga. Juanma se encargó de convencernos de lo beneficioso que sería un rato de esparcimiento.

–Los peregrinos de la Edad Media participaban en la vida social de los pueblos que atravesaban –dijo vehementemente–. Se integraban en la ferias, en los banquetes... lo leí en una guía.

–¿En cuál? ¿En la de teléfonos? –dijo Belén, bastante incrédula ante sus argumentos.

–A lo mejor confundiste una guía del Camino de

Santiago con una de la ruta del *bakalao* –añadió Raquel, echando más leña al fuego.

Ninguna broma, ni la más sangrante, hizo mella en la determinación de Juanma de pasarse por el jolgorio. Tanto nos conmovió su moral que al final arrastró a casi todos. Sólo Loreto se quedó en el refugio. Dijo que no le apetecía bailar y que alguien debía quedarse cerca de las bicis y los equipajes. Eso sin contar que aprovecharía el tiempo para enredar con el móvil y mandar algunos mensajes.

Nosotros tardamos poco en encontrar la famosa verbena. La música se oía a varias manzanas de distancia y sólo tuvimos que orientarnos hacia donde sonaba. Así desembocamos en una plaza llena de chiringuitos donde olía a cerveza, pepinillos en vinagre y chorizo asado. Al fondo había un pequeño escenario ocupado por una orquesta. Los músicos iban uniformados con pantalones negros, camisa de seda azul, pajarita negra y una chaquetilla clara que brillaba más que el faro de Alejandría. Al frente del grupo, una cantante vestida con una increíble falda menguante se contoneaba mientras lucía su estilo vocal con una selección de grandes éxitos de los últimos cien años. Bolero, salsa, lambada, rock and roll, cha-cha-chá... no había género que se le resistiera. El conjunto sonaba muy bien, con aspecto de saberse las canciones de memoria y haberlas ejecutado, sin un fallo, en unos mil pueblos en fiestas.

Kino y Alicia fueron los primeros en saltar a la pista. Al parecer no había agujetas ni dolor de culo que no se olvidara con un buen baile. Los demás seguimos el ritmo con los pies, mientras bebíamos cerveza, en una de las barras instaladas por las peñas que organizaban la fiesta. Poco a poco, todos nos fuimos juntando bajo el escenario: David, con energía sobrante para moverse a buen ritmo en todos los terrenos; Belén, olvidándose por un rato de los mensajes místicos; Raquel, demostrando que las cicatrices no le restaban ninguna soltura; Juanma, satisfecho, casi eufórico, por habernos arrastrado a todos; y yo, que nunca podré montar una academia de baile, pero me defendía con dignidad ante las melodías de aquel repertorio.

El ambiente de la plaza era contagioso, muy colorista, como las bombillas que cruzaban de lado a lado, alternándose con banderitas de papel donde parecían estar presentes todos los países de la ONU. Aunque Belén recordó un par de veces que convenía retirarse pronto, estábamos lanzados y la cosa se prolongó más de lo debido. Juanma estaba imparable. Bailaba suelto, con su cerveza en la mano, brincando y haciendo molinillos sin importarle perder el compás de la pieza que sonaba. Tanto se movía que, en uno de sus giros, embistió a una chica de otro corro situado junto al nuestro sobre la que derramó el vaso que llevaba y a la que estuvo a punto de tirar al suelo.

La verdad es que Juanma estaba patoso como nunca, y aunque los demás nos apresuramos a pedir disculpas a la chica eso no pareció suficiente para su novio.

–¡A ver si tienes un poco más de cuidado! –exclamó el chico, con cara de volcán a punto de entrar en erupción.

–Yo iba por mi carril –respondió un Juanma que empezaba a hilar frases inconexas–. El que no quiera que le atropellen, que se quede en casa.

Ya no dijo más. Lo siguiente que vio fue un puño que conectaba a toda velocidad con su ojo izquierdo.

Juanma no se derrumbó porque David estaba detrás para recogerlo, pero en esa posición aún tuvo tiempo de recibir otro par de guantazos mientras los amigos de los dos contendientes intentábamos detener aquella pelea desigual, entre uno que se comportaba como el campeón del mundo de los pesos pesados y otro al que sólo le faltaba pender de una cuerda para parecer un saco de entrenamiento.

Se formó un buen alboroto. La gente dejó de bailar y se arremolinó alrededor de nosotros, pero la orquesta continuó la canción sin inmutarse y eso contribuyó a que la rendición de Juanma fuese menos deshonrosa. Parece que los acontecimientos no son tan dramáticos cuando suena de fondo una samba.

En realidad tuvimos suerte. Podían habernos machacado a los siete que estábamos allí. Nuestro Camino de Santiago estuvo a punto de convertirse en camino de la UCI de Traumatología. Si no hubo más lesionados fue porque aceptamos que Juanma se había pasado, asumimos nuestra derrota y el novio feroz tuvo bastante con una víctima, lo cual tranquilizó también a los de su cuadrilla.

Nos retiramos discretamente, con nuestro lesionado sangrando por la nariz y sin muchas ganas de hablar entre nosotros. Sólo Raquel, cuando dejábamos atrás el bullicio, se dirigió a Juanma con gesto severo:

–¡Reconoce que lo has hecho porque tenías envidia de mis cicatrices! –exclamó, cuando todos pensábamos que iba a echarle la bronca.

Juanma quiso sonreír, pero entonces notó que uno de los puñetazos también le había movido un diente y se conformó con hacer una mueca que no supimos si era de agradecimiento o de resignación. Desde luego, no parecía de felicidad.

- Belén se interesa por Juan Peregrino, le gustan los diarios de peregrinos
- Llamada de hermana de Alicia
- parada en fuente de vino
- fiesta en Logroño. Juanma toma mucho y se pelea con otro chico

4

Mientras los demás desayunaban y recogían los bultos, David y yo acompañamos a Juanma a la estación de tren. Ni siquiera las gafas de sol podían ocultar el redondel morado que abarcaba todo alrededor de su ojo izquierdo. A Juanma le dolía la cabeza y no sabía si en ello influía más el vino y la cerveza o los golpes del novio furioso.

–¿Estás seguro? –insistí–. Podemos esperar un día a que te repongas y seguimos mañana.

–Déjalo, Francho –también él insistía–. Ya no me apetece seguir. Prefiero volver a casa y decir que me caí.

–Pues te preguntarán si lo hiciste encima de un puño –comentó David–, porque se ve a kilómetros que te han dado una paliza.

–Da igual. Este camino no está hecho para mí.

Un día de aproximación y tres de pedaleo le habían bastado para enemistarse con la ruta jacobea. Cierto que no es el tipo de diversión al que Juanma está acostumbrado durante sus vacaciones en Salou, pero si hubiese aguantado un poco más le habría sacado gustillo al cambio de marcha. Lástima que se interpusiera una mano de hierro y no le dejase mucho espacio para pensar.

Nos despedimos de él en la cantina. No podíamos esperar a que saliera su tren porque debíamos iniciar cuanto antes la próxima etapa. Le dimos un abrazo y lo dejamos allí, entretenido con un periódico. Lo vi sentarse y levantar bien alto el diario para ocultar un poco más su rostro señalado por los golpes.

Nos habíamos citado con los demás en la esquina de Gran Vía con Marqués de Murrieta y cuando llegamos estaban todos menos Belén.

–Se ha quedado escribiendo –puntualizó Loreto–. No quiere que espiemos lo que va a poner.

Belén también había encontrado las palabras de «Juan Peregrino» en el refugio de Logroño. Esta vez era un mensaje apasionado en el que ese desconocido, que empezaba a resultarnos familiar, hablaba de lo mucho que esperaba que cambiase su vida al finalizar el Camino de Santiago. Como no teníamos nada mejor que hacer, volvimos a especular sobre la personalidad del individuo que tanto interesaba a nuestra amiga.

–Debe de ser uno que acaba de divorciarse y hace el Camino como penitencia –dijo Kino–. Por eso se pone tan místico.

–A mí me suena a vividor arrepentido –sospechó Alicia–; algo así como Juanma dentro de quince o veinte años.

–Yo creo que es un narcotraficante que va dejando mensajes en clave a sus cómplices –aventuró Raquel–. Por las cosas que pone, cualquiera diría que se droga.

–A mí me gustaría más que fuese un espía –comentó Loreto, sin aclararnos qué secretos de Estado podían espiarse en un camino lleno de iglesias y de santos.

Belén llegó antes de que convirtiéramos a su «Juan» en violador o asesino en serie. Allí mismo le hicimos prometer que, en adelante, no andaría rastreando esos mensajes de pueblo en pueblo, que se conformaría con los que hallase allí donde nos detuviéramos a dormir y que no nos haría demorarnos por querer imitarlo redactando frases refinadas.

–Desde luego, no sois nada soñadores –respondió Belén, aceptando a regañadientes todas las limitaciones.

Después de eso el pelotón de escépticos y la eterna soñadora reanudamos nuestra marcha, con una temperatura primaveral que hacía muy apetecible el paseo, y no paramos hasta Navarrete. Allí nos detuvimos en la puerta del cementerio porque Belén había insistido en que era una parada de obligado cumplimiento.

–¿No se te ocurre algo mejor? –dijo Alicia, poco partidaria de visitar camposantos–. ¿Qué tal la puerta de la iglesia o del ayuntamiento?

Cualquiera de esos lugares también era visitable, pero Belén insistió en su propuesta por dos cosas: no había necesidad de desviarse y se trataba de un pórtico románico alabado en todas las guías turísticas. No nos decepcionó, aunque alguno torció el gesto a la hora de fotografiarse en aquel rincón que consideraba de mal fario. Y puede que no le faltara razón.

Pocos kilómetros después, cuando ya nos hallábamos cerca de Nájera, un camión que circulaba en nuestra misma dirección pasó tan rápido y tan pegado al arcén que al adelantar a Kino, con la fuerza del aire que desplazaba, le hizo tambalearse y caer de lado sobre la cuneta. El grito que dimos todos los que íbamos detrás –sobre todo Alicia– tuvo que oírse en varios kilómetros a la redonda, como también tuvo que escuchar el camionero los recuerdos que le mandamos a él, a toda su familia y a todos sus antepasados.

Kino se quedó sentado en el suelo, completamente pálido, con cara de haberse llevado el mayor sobresalto de su vida.

–¡¿Has visto la matrícula?! –preguntamos indignados, dispuestos a denunciarlo en el primer puesto de la guardia civil.

–¡¿La matrícula?! –repitió Kino–. Todavía no sé si era un camión o un platillo volante. He cerrado los ojos y he dicho ¡adiós! Pensé que en vez de Santiago me iba a encontrar con san Pedro; pidiéndole permiso para entrar al cielo.

Le dijimos que no se hiciese ilusiones, que le sería más fácil encontrarse con Lucifer invitándole a sus calderas; aunque Alicia, como es natural, no estuvo de acuerdo.

Tras el incidente necesitábamos una larga parada que nos aliviase un poco de la tensión sufrida. Nos vino bien estar cerca de Nájera porque allí había muchas cosas que ver, aunque no siempre es fácil hacer turismo con las bicis y el equipaje a cuestas. Al visitar iglesias, palacios y museos es necesario que alguien se quede fuera vigilando la mercancía. Eso obliga a hacer turnos y alarga un poco la estancia. En esa situación nos vimos en las puertas del monasterio de Santa María la Real, impresionante lugar lleno de tumbas de reyes. Allí coincidimos con tres ciclistas asturianos que se encontraban en la misma situación que nosotros.

–Os hubieseis ahorrado mucho trayecto yendo directamente de Oviedo a Santiago –le comenté a uno de ellos, mientras hacíamos guardia junto a las bicicletas.

–Sí, pero eso es como jugar un partido de fútbol que dure quince minutos –respondió el asturiano–. La gracia del Camino está en salir de lejos. Si dura poco no lo saboreas.

No sé si Juanma estaría de acuerdo, o Alicia y Loreto, partidarias siempre del recorrido más corto. También mi madre dice que viajar en bicicleta, habiendo trenes y aviones, es igual que seguir lavando en el río después de inventar el grifo y la lavadora. Como si hacer deporte y deslomarse mientras se llenan las manos de sabañones fuera exactamente lo mismo.

Los asturianos marcharon un poco antes. Nosotros aprovechamos la parada para almorzar, con idea de seguir hacia Santo Domingo en sesión de tarde. No siempre es fácil arrancar después de comer, pero así teníamos excusa para hacerlo frugalmente y, sobre todo, muy barato. Éramos conscientes de que no habría ser humano que se moviera tras devorar una pierna de cordero o un cochinillo asado; ni convenía a nuestra salud ni se lo podían permitir nuestras economías de guerra (quiero decir de estudiantes, que es lo mismo).

Llegar hasta Santo Domingo de la Calzada no fue precisamente un camino de rosas. No hay un gran desnivel entre ambas poblaciones, pero los veinte kilómetros que las separan son casi todos de subida. A Loreto se le atragantó la primera rampa, recuperó poco o nada en los tramos llanos y casi no disfrutó de las bajadas porque sólo con ver de lejos la siguiente cuesta ya se agotaba psicológicamente. Los demás lo llevamos algo mejor, incluso Alicia, que parecía ir curtiéndose sobre la marcha.

A Loreto la esperamos a la entrada del pueblo. Aunque la recibimos con gritos de aliento, como si fuese la vencedora en el gran premio de la montaña, tenía muy claras sus limitaciones.

–Me tenía que haber quedado a dormir la siesta –dijo, con la voz entrecortada por el esfuerzo–. Me han entrado ganas de parar un camión y pedirle que me llevara.

A nuestra expedición ciclista le faltaba el coche escoba, ése que en las pruebas profesionales recoge a los que desfallecen. Aunque tal vez Loreto se habría conformado con un coche de apoyo que nos aligerara el peso de la bicicleta trasladando nuestros equipajes. Habíamos coincidido en los refugios con algún grupo que lo hacía así y no disimuló su envidia. Todo lo contrario que David, a quien ese sistema le parecía una estafa.

–Eso es como hacer el camino con mayordomos –había dicho con desprecio.

–Que yo sepa, todas la expediciones contratan porteadores –replicó Loreto.

–Pero bueno –contraatacó David–, ¿tú te crees que hemos salido a cazar elefantes?

De esa fauna no encontramos nada. Yo lo único que había cazado era algún insecto que se me coló en la boca, sin permiso, cuando iba a gran velocidad en zonas de descenso. Resulta asqueroso, pero es inevitable. Ya dice el refrán que en boca cerrada no entran moscas, pero no es fácil permanecer con los labios apretados cuando estás en pleno ejercicio. No quiero imaginarme la cantidad de mosquitos que habrá que tragar para vencer en un Tour de Francia.

Hablando de animalitos, una de las primeras cosas que hicimos en Santo Domingo, después de asearnos y acomodarnos en el albergue, y cuando Belén ya había controlado el último mensaje de Juan Peregrino, fue acudir a la catedral para contemplar algo que no tiene ninguna otra. No se trata de un retablo, un altar o una imagen sagrada, sino de una jaula donde viven plácidamente un gallo y una gallina. No debe de haber en el mundo otras aves que habiten en un corral tan artístico.

–¿Por qué están ahí? –preguntó Raquel mientras contemplábamos aquel conjunto de arte y naturaleza.

–Son un anuncio de sopas Gallina Blanca –se me ocurrió como justificación apresurada.

–¡Venga ya!

–Bueno, no –modifiqué el argumento–, en realidad son una metáfora que indica a los peregrinos que para hacer el Camino de Santiago hay que tener una personalidad equilibrada, que tan malo es ser muy gallito como ser un poco gallina. Por eso están encerrados.

–¡Tú deliras!

–¿Acaso prefieres que te dé una explicación relacionada con los picos, con las plumas o, peor aún, con los huevos?

No me permitieron seguir por ese camino. Belén llevaba la guía en la mano y con ella nos recordó la leyenda medieval de un peregrino francés que había sido ahorcado por una falsa acusación, y que después revivió al mismo tiempo que lo hacía una gallina en la cazuela.

–«*Santo Domingo de la Calzada, cantó la gallina después de asada*» –leyó Belén, invocando un dicho popular.

Delante de nosotros no cantó aquel animal, pero sí lo hizo, otra vez, el móvil de Loreto. De repente, en el silencio de la catedral, sonó su pitido y nos sobresaltó a todos.

–¡Apaga eso! –dijo David, en voz baja pero con firmeza.

Loreto prefirió responder. Se agazapó detrás de una columna y preguntó quién llamaba, mientras los demás disimulábamos mirando al techo y a las paredes. Había diez o doce personas más en el templo y todas nos observaban como si fuéramos criminales de guerra.

David estaba a punto de estrangular a Loreto pero, antes de que pudiera reaccionar, ella salió a su encuentro y le tendió el teléfono.

–Es para ti –dijo con una amplia sonrisa–. Tu madre.

Creo que no había visto enrojecer a nadie tanto desde la última vez que me sirvieron cangrejos en una paella. David se puso como un tomate, como los labios de una actriz, como el uniforme del Manchester United. Su cara parecía la luz de freno. Destacaba en el interior de la catedral como esas lámparas que indican la salida.

Cogió el móvil que le ofrecía Loreto e intentó ocultarse. Como estábamos alejados de las puertas, David se metió en un confesionario vacío que teníamos al lado.

–Ahora sólo falta que llegue una señora, se arrodille y le diga: «Ave María Purísima» –susurró Raquel.

David no dio tiempo a las confusiones. En menos

de dos minutos cortó la conversación con su casa y salió del confesionario con ganas de hacerle tragar el móvil a Loreto. Tuvimos que emplearnos a fondo para lograr la paz entre ambos. David no le perdonaba que no lo hubiese apagado antes de entrar y a Loreto no le parecía tan grave.

–Si en esta catedral no les molesta que cante una gallina, no tienen por qué enfadarse si suena un teléfono.

En eso no se pondrían nunca de acuerdo, así que al salir intentamos derivar la conversación hacia otros asuntos, con gran disgusto para Belén porque volvimos a atacarla con el asunto de los cuadernos de firmas. Yo mismo insistí para que me contara el último mensaje de su amigo invisible, pero no quiso aclararme nada.

–Da igual –amenacé–. Luego lo leeré.

Y así lo hice. No sólo yo. Arrastré a todos, a pesar de que a Belén no le hizo ninguna gracia. Esta vez su héroe se había pasado. Decía esto: *«El camino es una fuente de sensaciones y conocimientos. Desde que lo inicié no he parado de descubrir cosas nuevas, gentes nuevas, sueños nuevos; pero algo me dice que es al final donde me espera el mayor conocimiento, la mejor recompensa. ¿Tal vez tú esperas lo mismo? Quién sabe si pronto dejaremos de ser desconocidos».*

–Te está tirando los tejos con disimulo –reflexioné en voz alta–; bueno, a ti y a toda la que venga por detrás y pique.

–No digas bobadas –saltó Belén–. Empiezo a pensar que sois vosotros quienes estáis compinchados con alguien que va por delante, y que le dictáis las frases para tenerme en vilo.

Las sospechas de Belén nos hacían temer por su

equilibrio mental. Entre su afán por descubrir a Juan Peregrino y su empeño por mantenernos alejados de la investigación, con los kilómetros que aún nos quedaban para llegar a Santiago, corría el peligro de volverse loca. Propusimos darle un masaje para que se relajara, comprar tranquilizantes y antitérmicos, o buscar un acupuntor chino que le pinchara con unas agujas antiestrés, pero lo único que logramos fue que pasara de nosotros y se acostase rápidamente con la excusa de que la siguiente etapa era muy larga y había que madrugar. Así al menos la dejaríamos soñar tranquila.

- Kino se cae debido a un camión
- conocen a otros peregrinos en bici
- Alicia no tiene mucha energía, anda lento

- Catedral con gallinas, suena el teléfono (mamá de David)
  ↳ Vergüenza
- otro mensaje de Juan Peregrino, Belén sospecha que los demás la quieren manipular

5

Salimos de Santo Domingo después de un desayuno en el que sólo nos faltó comernos la gallina de la catedral. David nos obligó a alimentarnos a fondo con la advertencia de que teníamos por delante una etapa en la que quemaríamos muchas energías. Loreto insinuó que eso se corregía acortando el kilometraje previsto, pero los demás estuvimos de acuerdo con David. Si hacíamos los recorridos muy cortos tardaríamos una eternidad en llegar a Santiago.

–Nos adelantarán los caminantes y Belén nunca descubrirá a su Romeo –dijo para convencernos.

A Belén no le gustó que la empleara como argumento, pero no replicó. Empezaba a utilizar la indiferencia –o la sordera quizá– como mecanismo de defensa. Alicia se encargó de darle ánimos a Loreto, y Kino aun la animó más al sugerirle que, si se cansaba mucho, podía cargar con alguno de sus bultos. A mí también me hubiese gustado ofrecerme, pero si ponía algo más en mi bici tendría que sujetarlo con los dientes o atármelo a la espalda con una maroma. Por muy caballero que seas, así no hay forma de pedalear.

Los primeros kilómetros eran prácticamente llanos, pero luego la cosa empezó a empinarse al mismo tiempo que Loreto iba quedando rezagada. Yo pedaleaba un metro por detrás de Raquel, viendo moverse su pierna adornada por las secuelas de la caída.

–Ya se nota menos la herida –comenté, casi hipnotizado por el movimiento de aquellos músculos.

–No cantes victoria que aún me quedan muchos kilómetros por delante para caerme otra vez.

–Avísame antes, que me tiraré delante de ti para que caigas en blando.

–¡A ver si te crees que planifico las caídas! De todas las maneras, gracias por el ofrecimiento. Lo recordaré cuando no tenga nada más cómodo donde sentarme.

No seguimos la conversación porque venía una cuesta y subiendo se hace muy difícil dialogar, pero incluso yo estaba sorprendido por lo que acababa de decir. En todo el curso no había estado tan galante con Raquel ni con ninguna otra. Había concentrado todas mis energías en los exámenes. Pero ahora,... ¿sería posible que el Camino me afectase tanto? ¿Tendría que ver con la magia que le adjudican o era que me habían echado alguna droga en la comida? Aún estábamos lejos de Galicia para pensar en *meigas*, pero sentía como si algo me estuviera embrujando. Se lo comenté a Kino durante un trozo del trayecto en que fuimos emparejados, pero él le restó importancia:

–No sueñes con que va a pasar en quince días lo que no te ha ocurrido durante un año –dijo con rotundidad–. No te fíes de los arrebatos que dan cuando se comparten tantas horas juntos.

–O sea, tú piensas que las cosas tienen que ser a tu estilo, a primera vista, por la vía rápida.

–No necesariamente, pero me cuesta creer que surja algo entre quienes se han sentido indiferentes durante meses.

–Será la magia del Camino.

–Sí, o que te has acatarrado y tienes fiebre.

Un poco de tos en pleno esfuerzo no le daba derecho a hacer ese diagnóstico. Me sentía bien, nada de enfermo, a no ser que pudiera considerarse enfermizo fijarme tanto en las piernas de Raquel. Quizá también me hubiese fijado en las de Loreto, que no llevaba un rasguño, si hubiera pedaleado cerca de mí, pero ni volviendo la cabeza alcanzábamos a verla.

Tuvimos que esperarla en Belorado, el primer núcleo grande que encontramos en la provincia de Burgos, un pueblo cuya calle principal estaba atestada de industrias y comercios dedicados a la piel.

–Mientras llega podíamos aprovechar para comprar una cazadora –dijo Belén a la vista del panorama.

–Yo prefiero un cinturón y un bolso que hagan juego con la bicicleta –propuso Alicia en pleno delirio consumista.

Loreto tardó tanto que tuvimos tiempo para imaginarnos también una mochila, un saco de dormir, unas deportivas y un casco, todo de pura piel y todo a juego. Y cuando ella llegó pensamos en una camilla de piel a juego con su correspondiente ambulancia.

–Estoy muerta –susurró.

–Tú, a tu ritmo –dijo Kino–; no te preocupes que ya te iremos esperando.

No era lo más alentador que podía escuchar. Esperarla no suponía un gran consuelo puesto que a su llegada reemprendíamos de nuevo la marcha y ella era la única que no tenía tiempo para recuperarse. Y lo que venía por delante era sensiblemente más duro que lo recién superado.

Fijamos nuestra próxima parada en Villafranca, al pie de los montes de Oca, antes de adentrarnos en unos parajes que en la Edad Media llevaban mala fama por la presencia de salteadores que desplumaban a los caminantes. Al parecer, entrar en solitario por allí era exponerse a llegar a Burgos con la cabeza abierta y pidiendo limosna.

Alguien nos había contado que el nombre del juego de la Oca procedía precisamente de esta zona, que era un juego que de algún modo reproducía las andanzas de los antiguos peregrinos en el Camino de Santiago: una senda enrevesada llena de sitios donde podías demorarte (el pozo, la cárcel, la posada). Ahora los peligros eran otros (la gravilla, las ferias, los camiones, los agentes de tráfico) pero Raquel, Juanma, Kino y yo habíamos comprobado que aún existían obstáculos capaces de retrasar la llegada a Santiago. O incluso de impedirla por completo.

A partir de Villafranca dejaríamos la carretera y pasaríamos al camino. Según nuestra información, estaba en buenas condiciones para las bicicletas y por él se acortaban muchos kilómetros. Al menos eso sería un pequeño consuelo para Loreto.

Mientras hacíamos tiempo para que ella llegara, aprovechamos para visitar la parroquia, de cuya pila bautismal también nos habían hablado. Su originalidad consiste en que se trata de una almeja gigante, o más exactamente una auténtica concha de vieira, como la que llevan colgando los peregrinos pero a lo bestia; enorme, tan grande que costaba imaginar cómo sería el molusco que había dentro. Te encuentras un bicho así y debes de cogerle un miedo al marisco que ya no te atreves a probar ni una ración de mejillones.

Nos entretuvimos con aquel prodigio de la naturaleza, traído de Filipinas, hasta que llegó Loreto. Venía desmadejada, con la cara encendida y el pulso a mil por hora.

–Me han entrado ganas de pegarle fuego a la bici –dijo con la voz entrecortada.

–Venga, anímate –intervino Belén–. Sólo hay que subir un poco más y luego todo es bajada hasta Burgos.

–¡¿Un poco más?! ¡¿Queréis matarme?!

Deberíamos haberle dicho que, en todo caso, habría sido un suicidio, porque ella escogió libremente hacer el Camino y sabía a lo que se exponía. Pero no era el mejor momento para los reproches. La única alternativa era seguir la idea de Kino; repartirnos lo mejor que pudiéramos parte del equipaje de Loreto y resignarnos a avanzar muy despacio porque ella haría los siguientes kilómetros andando, al menos hasta coronar el alto de La Pedraja e iniciar el descenso hacia San Juan de Ortega.

Llegamos a este monasterio con un considerable cansancio. No sólo Loreto; todos íbamos un poco tocados, menos David que seguía dando muestras de sobrarle energía. Aquí la pausa fue de varias horas, tiempo que dedicamos a comer, a descansar y a conocer los misterios de aquel apartado lugar en el que se produce un curioso fenómeno cada vez que empieza la primavera y el otoño. Ese día hay un momento en que la luz del sol enfoca directamente un capitel interior donde se representa la escena de la Anunciación del arcángel san Gabriel a la Virgen María. Pero nosotros nos quedaríamos sin verlo porque nos hallábamos lejos de las dos fechas.

–Imagínate que vienes desde muy lejos y ese día amanece nublado –reflexionó Raquel, aumentando las dificultades para disfrutar del prodigio.

–No te preocupes –la consolé–. Si tú quieres ver cómo queda, ahora mismo saco la linterna.

Mi propuesta no tuvo ningún éxito. Todos coincidieron en que no era lo mismo; que no había ninguna magia en conseguir el efecto a base de pilas, que lo bonito era pensar cómo se habrían estrujado la cabeza el arquitecto y el escultor para conseguir ese instante mágico, sólo dos veces al año, sin más ayuda que la del sol.

Cuando llegó el momento de partir de nuevo, Loreto amenazó con protagonizar un plante:

–Esto no es hacer turismo, esto es matar a la gente –se quejó.

A David no le gustó aquel comentario. Le molestaba ir demasiado despacio para su gusto y sólo faltaba aquel amago de rebelión para acabar de crisparlo.

–Ya sabías a lo que veníamos –replicó malhumorado–, ¿o acaso pensabas que las bicis tenían motor? Lo que pasa es que no te has preparado bien y ahora lo pagas.

–No te pases –salió Alicia en defensa de su amiga–; nadie dijo que viniésemos a correr la Vuelta a España.

–Sí, pero tampoco se dijo que iríamos a paso de tortuga.

–Prefiero ser una tortuga a ser un burro cabezota –saltó Loreto, herida en su orgullo.

Se armó el lío. No podía ser de otra manera. Belén se puso del lado de David, Kino intentó mediar entre ambas partes, Raquel se distanció de todos acusando a Loreto de blanda y a David de machista, y yo me ofrecí como padrino por si querían batirse en duelo:

–Como no tenemos espadas, podéis pelear usando las bombas de aire de las bicicletas.

Ni caso. Siguieron discutiendo sin considerar mi propuesta de hacer un poco de esgrima-ciclista en un paraje muy bello para cualquier deporte. La bronca apenas sirvió para otra cosa que malgastar energías, lo cual era más preocupante en el caso de Loreto porque ya no tenía reservas de las que echar mano. Daba la impresión de que, si se ponía de nuevo a dar pedales, podría desmontarse pieza a pieza; que veríamos cómo se le desprendería un brazo y después el otro, y luego una pierna, y la otra, y también la cabeza. Era una muñeca rota, destrozada por un itinerario cuya dureza minusvaloró antes de salir de casa.

Pero no tuvimos piedad. Se decidió por mayoría que esa noche tocaba dormir en Burgos. Alicia y Kino tuvieron que emplearse a fondo para animarla, prometiéndole que irían a su lado aunque les llevase horas recorrer los poco más de veinte kilómetros que nos faltaban para concluir la etapa. Sólo la perspectiva de quedarse sola le dio fuerzas para continuar. Lo hizo sin disimular su rencor hacia David y jurando que era la última vez que hacía un viaje con nosotros.

Un rato después pasamos cerca de Atapuerca y recordé que allí estaba la Sima de los Huesos, donde se habían encontrado los restos de algunos de nuestros más lejanos antepasados. Lo habíamos estudiado durante el último curso: la especie conocida como *Homo Antecessor.* También me vino a la memoria que aquellos hombres prehistóricos eran caníbales, y pensé que tal vez habían empezado a comerse los unos a los otros por disputas tontas como la que nosotros acabábamos de tener. Pero no dije nada. El ambiente se había puesto demasiado tenso y, si no les hacía gracia el comentario, podía ser yo el que diera con los huesos en la famosa sima; arrojado por mis compañeros en un día en el que no los veía de humor para muchas bromas.

- Francho se está enamorando de Raquel

- Loreto agotada
  → pelea entre ella y David pq no quiere continuar hasta Burgos

6

Muy bonita la catedral de Burgos. Impresionante el Arco de Santa María. Magnífico el retablo de la iglesia de San Nicolás. Y qué decir de la cartuja de Miraflores y el monasterio de Las Huelgas; por no hablar del paseo del Espolón o las cuidadísimas riberas del río Arlanzón. Todo una maravilla, pero el impacto de tanta belleza quedó muy amortiguado desde el momento en que Loreto decidió abandonarnos, marcharse ella y su teléfono, dejarnos un poco más solos y algo más incomunicados. Otra vez hubo que acompañar a alguien a la estación, ayudarle a facturar la bicicleta y decir adiós.

Esta vez lo hicieron Kino y Alicia. Al igual que David y yo con Juanma, ellos también intentaron que Loreto recapacitara y siguiera adelante. Entre otros argumentos, dijeron que les parecía una estupidez abandonar precisamente cuando empezaba el terreno llano; justo en el momento en que, según los planos, todo era liso durante más de doscientos kilómetros. Pero Loreto tampoco se dejó convencer. No estaba dispuesta a arrastrarse por el camino, como el día anterior, y mucho menos a pedir clemencia. Porque llegó a Burgos destrozada, sin fuerzas ni para quejarse; tan machacada que al entrar en el albergue fue directamente a acostarse, sin cenar y sin participar en la broma que los demás gastamos a Belén, a quien escondimos el cuaderno de firmas para que no rastreara la pista del misterioso Juan Peregrino.

Aquí también había un mensaje suyo; otra vez místico y un tanto insinuante. Al menos había que reconocerle que tenía una constancia a prueba de bombas y desfallecimientos. Allí por donde pasábamos, su firma nos precedía.

–Tanta omnipresencia me mosquea –dijo David cuando por fin, después de mucho rogarnos, le entregamos el cuaderno a Belén–. Lo veo poco natural.

–¿No será que tienes envidia de alguien que demuestra tanta sensibilidad? –contraatacó Belén.

–¿Envidia? No, en absoluto. Seguro que le huele el aliento, tiene pelos en las orejas o es un abuelo de noventa años. Más vale que no lo veas nunca porque puedes llevarte una sorpresa muy desagradable. Te pasará como cuando se conoce a un locutor, ¿no te has dado cuenta de que todos son mucho más feos de lo que parecen cuando los escuchas en la radio?

Ahí estuvimos todos de acuerdo. Incluso los que salen en el cine y la televisión parecen otros cuando los ves en persona; son más bajitos, o tienen granos, o no hablan con el mismo encanto que cuando llevan escrito el guión. Pero nada de eso mitigaba el interés de Belén por descubrir al autor de los mensajes.

Siempre ha sido muy obstinada. En lugar de retraerla, nuestros comentarios picaban su orgullo y eran otro acicate para seguir la pista de ese personaje al que había convertido en el noveno integrante de nuestro grupo (ahora el séptimo, tras las deserciones de Juanma y Loreto); el pasajero fantasma que se esfumaba de los sitios poco antes de nuestra llegada.

A veces mirabas a Belén y te parecía que lo llevaba encima, como una especie de nebulosa que flotaba sobre su cabeza y salía directamente de sus pensamientos. Yo mismo se lo noté durante nuestra larga jornada en Burgos. No era un caso para acudir a un exorcista, pero a veces se hacía un poco incómodo descubrir a ese espíritu pegajoso cegando los sentidos de nuestra compañera.

–¡Qué bonito! –exclamaba cualquiera de nosotros en la catedral, contemplando la capilla del Condestable–. ¿No te parece alucinante?

–¿Cómo? –decía Belén–. ¿Alucinante? ¿A qué te refieres?

–La capilla, Belén, la capilla. ¿Es que no la ves?

–Sí, sí. Es que estaba un poco distraída.

Estaba en la Luna y de vez en cuando había que hacerla aterrizar. Así fuimos, dándole caña, de monumento en monumento. Hicimos un buen recorrido turístico. En Burgos había muchas cosas que ver, por lo que decidimos dedicarle varias horas a cambio de hacer una etapa corta que nos permitiera salir por la tarde.

Nuestro próximo objetivo era Castrojeriz y hacia allí salimos tras hincharnos de contemplar bellezas históricas. Aunque desistimos de ver todo lo que recomendaban los libros, partimos algo más tarde de lo previsto. Durante los primeros kilómetros soportamos el rugir del tráfico, pero en Tardajos abandonamos el asfalto y pasamos a los caminos de tierra, atajando por el trazado medieval.

Tardamos un suspiro en llegar a Rabé de las Calzadas, en cuya fuente nos detuvimos a echar un trago. De allí a Hornillos la cosa se complicó un poco. Primero fue el viento en contra, no muy fuerte pero lo suficiente para tener que esforzarnos; después apareció alguna cuesta con la que no contábamos, y luego también llegó una bajada con demasiadas piedras para descender cómodamente. Alicia la afrontó con tanta precaución que prefirió bajarse de la bicicleta y caminar. En el extremo opuesto, David lo hizo sin apenas tocar el freno, dando algunos botes peligrosos, en uno de los cuales salió volando el saco de dormir y tuvimos que recogerlo los que veníamos por detrás. Yo me lo tomé con calma, bajando al lado de Raquel, pendiente de cada uno de sus pasos.

–Cuida con este terreno –le advertí al iniciar el descenso.

–Tranquilo; ya no me fío ni de las autopistas.

Nosotros sí nos agarramos a los frenos como un náufrago al salvavidas. Era muy dudoso que en los pueblecitos tan pequeños por donde pasábamos hubiera algún doctor, así que estábamos en el peor sitio para sufrir una fractura.

Pasamos por Hornillos sin detenernos. Empezaba a atardecer y habíamos avanzado menos de lo previsto. El supuesto terreno llano ofrecía en realidad más de una cuesta por la que ascendíamos a pequeñas mesetas batidas por el viento. Entre una cosa y otra fuimos perdiendo ritmo, y cuando llegamos a Hontanas ya era prácticamente de noche. Allí no podíamos detenernos, a no ser que decidiéramos dormir a la intemperie, porque no había ningún tipo de alojamiento.

Apenas nos quedaban ocho o nueve kilómetros hasta Castrojeriz, distancia que podíamos recorrer por una carretera estrecha y solitaria, flanqueada por grandes árboles, en la que difícilmente nos cruzaríamos con alguien. La oscuridad no era absoluta; contábamos con suficiente visibilidad como para no irnos a la cuneta. Con el fin de eliminar riesgos, decidimos avanzar todos juntos, en fila india, pegados a la derecha. David abriría la marcha sujetando su linterna sobre el manillar, por si venía alguien de frente, y Belén iría la última porque era la única que llevaba en su bici una pequeña lucecita roja que lanzaba destellos y nos hacía visibles por detrás. Además nos pusimos las prendas de colores más chillones que llevábamos en nuestros equipajes. Los de Protección Civil podían estar orgullosos de nosotros. Tomábamos todas las precauciones para evitar una catástrofe.

Lo único que no habíamos previsto era que allí, precisamente en ese momento, sufriéramos una avería mecánica. Fui yo quien empezó a notar que el trazado de la carretera se hacía más rugoso bajo mi rueda trasera. Ya no pasaba sobre los pequeños baches suavemente, sino apreciando un golpe en la llanta.

–¡Me parece que he pinchado! –grité bien alto para que me oyeran todos.

–¡No me mates, Francho! –exclamó aún más alto David–. ¡Aquí no! ¡Cómo se te ocurre pinchar ahora!

–Ya ves; llevaba trescientos kilómetros pensándolo y me ha parecido que éste era el sitio ideal –dije, mientras frenaba y todos los demás se veían obligados a hacer lo mismo.

Delante de nosotros, a menos de doscientos metros, se alzaban los muros todavía en pie del convento de San Antón, y a lo lejos, a unos cuatro kilómetros, se dibujaba el perfil de las ruinas del castillo de Castrojeriz. Daba rabia tener que detenernos tan cerca de nuestro objetivo.

Como aquél era mal lugar para estar parados, nos aproximamos al punto donde la carretera pasa bajo las piedras del viejo convento, que lleva dos o tres siglos abandonado. El sitio es impresionante. Los monjes levantaron la iglesia a un lado del camino y enfrente construyeron otras estancias, uniendo ambas partes con dos grandes arcos que ahora quedan exactamente encima de la carretera. El viento, cada vez más fuerte, agitaba los árboles, se colaba entre las piedras y ponía una banda sonora bastante tétrica a aquellas ruinas que se recortaban en la oscuridad. Pero Belén debió de pensar que aquello no era bastante y, mientras Kino y David me ayudaban a desmontar la rueda, recordó algo de lo que decían las guías sobre aquel lugar.

–He leído que los monjes de este convento eran expertos en curar una enfermedad gangrenosa –comentó–. Cortaban brazos y piernas de los enfermos y los colgaban de estos muros.

Casi la prefería cuando estaba como ausente, pensando en su peregrino mensajero, mejor que haciendo esos alardes de conocimientos macabros. Sólo le faltó detallarnos si los frailes mantenían esa costumbre por diversión o porque eran miembros de la Sociedad Protectora del Buitre Leonado. Y por si no teníamos bastante con eso, a los pocos segundos de su comentario se escucharon los ladridos de un perro. No eran unos ladridos fieros, pero de noche todo suena un poco más estremecedor.

–¡Date prisa! –me urgió Alicia–. Este sitio no me gusta nada.

Creo que todos estábamos imaginando aquellas paredes cubiertas por brazos y piernas chorreando sangre; incluso alguno se preguntaba si aquellos miembros habrían sido amputados a dentelladas por un perro como el que oíamos de fondo.

Yo iba lo más deprisa que podía, pero desmontar una rueda, cambiar la cámara, hincharla y volver a ponerla en su lugar exige su tiempo; más aún cuando lo haces con una bici que lleva atados un saco de dormir y una mochila. Antes de concluir toda la operación (tantas prisas me estaban poniendo nervioso y no atinaba a colocar otra vez la cubierta), otro ruido se unió a los ladridos. Era un sonido metálico. Unos golpes distanciados entre sí: ¡chas! ¡chas! ¡chas!

–¡¿Qué ha sido eso?!

–Suena por detrás del convento.

–Habrá sido el perro.

–Como no acabéis pronto, me va a dar un infarto.

–Es el viento; el viento que mueve algo.

–¡Que no, que no! Son golpes metálicos.

Volvieron a oírse: ¡chas! ¡chas! ¡chas! Belén acabó de estropearlo todo al comentar que los monjes antonianos tenían fama de magos, que practicaban ritos esotéricos y que habían sido expulsados del monasterio, por lo que tal vez sus almas andarían vagando por allí desde hace siglos, vigilando lo que había sido suyo.

–Como vuelva a verte con un libro, lo quemo –dijo Kino.

–No hay que asustarse. El Camino de Santiago está lleno de sitios misteriosos y mágicos.

–Pues nos lo cuentas mañana por la mañana. ¡Ahora cállate!

Por un momento sólo se me escuchó a mí mientras terminaba de montar la rueda. El perro había callado, y también los golpes, pero eso no nos tranquilizaba. Más bien nos preguntábamos si había alguien al acecho; alguien que nos vigilaba desde algún lugar oculto tras aquellos muros encantados. Cuando ya estaba finalizando la reparación y todos montaban en sus bicicletas para salir de allí cuanto antes, de repente vimos un resplandor intermitente y anaranjado que salía de algún lugar un poco más allá de las ruinas.

–¡Maldita sea! –exclamó Kino–. ¿Y eso qué es?

Fuera lo que fuese, nos paralizó. Estaba delante de nosotros, en la zona por donde debíamos pasar para seguir hacia Castrojeriz, y nadie se atrevía a avanzar sin saber de dónde procedía aquella luz. En momentos así piensas de todo: que son fuegos fatuos procedentes de las tumbas de los monjes; que se trata de las luces de un ovni llegado de lejanos mundos; que es el brillo de las hadas, o de los duendes y los gremlins, o de unos diablos perversos y sanguinarios. Lo que nunca se te ocurre pensar es que se trate de un simple tractor.

Estábamos al borde de un ataque de nervios, arremolinados al pie del pórtico de la abadía, expectantes, sin atrevernos a dar un paso, cuando escuchamos el ruido de un motor que se ponía en marcha y, segundos después, por el lugar donde se veían los destellos, apareció un viejo tractor tras el cual correteaba un perro de caza. Aquel vehículo agrícola salía del campo que situado donde acababan los muros y se incorporaba a la carretera en dirección a Hontanas, viniendo hacia nosotros.

–Se acabó el misterio –exclamó David con alivio–; ahí tenéis al perro asesino y el tractor fantasma.

–No te fíes –dijo Raquel–; a lo mejor lo conduce el esqueleto de un monje o un encapuchado con una guadaña.

Tardamos poco en salir de dudas. Al llegar a nuestro lado, el tractor se detuvo y por su puerta asomó un hombre mayor con la cara curtida por el sol y el aire. Nada siniestro, sino todo lo contrario: uno de esos rostros saludables que sólo se ven en la gente del campo.

–¡Eh, chavales! –nos saludó–. ¿Qué hacéis por aquí a estas horas? ¿Os habéis perdido?

Era el fantasma más amigable que hubiésemos podido imaginar, y también su perro, que no cesó de olisquearnos y mover el rabo mientras se dejaba acariciar el cogote. Le explicamos el motivo de nuestra parada y él nos contó que también había tenido un percance con el tractor; de ahí los golpes que escuchamos poco antes de que consiguiese arrancarlo. De nuestros miedos no le contamos nada, aunque seguro que los imaginó al ver los rostros de alivio tras la tensión. Lo adiviné por la sonrisilla con que nos despidió, y por la ironía con que gritó «¡adiós, valientes!» al seguir su camino.

–Ahora se esfumará de repente –comentó Belén mientras lo veíamos alejarse–, porque seguro que ha sido una aparición.

–Sí, un fantasma marca *John Deere,* que lo ponía bien grande –replicó Raquel.

–Seguro que es el espíritu burlón que se aparece a los peregrinos que llegan de noche –insistió Belén.

–Muy bien alimentado lo veo yo para ser un espíritu –dije, uniéndome al debate–, pero si quieres lo contamos así para que quede más auténtico.

En contra de los deseos de Belén, el tractor se alejó sin evaporarse. La lámpara naranja que llevaba sobre el techo seguía dando vueltas y señalando su posición mientras se perdía carretera adelante. Ahí le dimos la espalda y reemprendimos nuestra marcha haciendo bromas, aunque a más de uno le duraba el miedo en el cuerpo. La noche es proclive a los malos presagios.

En pocos minutos llegamos a Castrojeriz. Cuando atravesábamos el pueblo, paramos al primer vecino que encontramos para preguntar dónde se hallaba el refugio. Mientras David recibía las explicaciones, me volví para contemplar los muros de la iglesia junto a la que nos hallábamos y de repente mi mirada se topó con un pequeño relieve situado en la pared, a la altura de mis ojos. Allí se hallaba una calavera, sobre dos tibias cruzadas, que me observaba fijamente desde el hueco de sus ojos. El corazón me dio un vuelco. Me pareció ver una sonrisa en aquella especie de bandera pirata de piedra. Vaya día. Si no llegábamos pronto al albergue tendría una taquicardia.

-Loreto abandona
-oscurece, Francho rompe la rueda
↳ reparaciones en viejo monasterio
↳ miedo
- viejito en tractor, se asustan

7

En Castrojeriz Belén también encontró un mensaje de Juan Peregrino. Aquí incluso se atrevió a preguntar al encargado del refugio si le sonaba quién podía haber escrito aquello. El hombre observó la frase, hizo memoria de los que habían pasado por allí tres días atrás y especuló con el posible firmante.

–Éste podría ser un catalán que venía andando desde Somport.

–No puede ir a pie –aclaró Belén–; por el ritmo que lleva tiene que ir en bicicleta.

–Pues entonces no se me ocurre quién.

El hombre tenía menos imaginación que nosotros, que seguíamos adjudicándole personalidades de lo más variado, siempre buscando desalentar a Belén.

–Parece muy refinado. Yo diría que es gay –dijo David–; así que no te esfuerces porque no querrá saber nada de ti.

–¿Qué tiene que ver el sexo con todo esto? –replicó

Belén, furiosa–. Qué me importa lo que sea si ya os he dicho que lo único que me interesa es su sensibilidad. Además, yo no juzgo a la gente por sus preferencias en la cama.

–Yo sí –intervine para templar el ambiente–. Jamás saldría con alguien que durmiera con rulos.

–Ni yo con alguien que use bolsa de agua caliente para los pies –opinó Raquel.

–Pues yo no aguanto a los que se quedan dormidos escuchando la radio –apuntó Alicia.

–A mí me repelen las chicas que se ponen antifaz o mascarillas –dijo Kino.

Hicimos un repaso a todo el catálogo de perversiones que pueden llevarse a la cama y al menos conseguimos desviar la charla para que no se enzarzasen en una agria discusión. Sólo faltaba que Juan Peregrino nos arrastrase a una guerra de sexos. Convenía arreglarlo antes de reiniciar la marcha.

La salida de Castrojeriz no fue tan lúgubre como la llegada, pero a cambio ofrecía un mayor grado de dificultad. Estrenamos la séptima etapa empujando nuestras bicicletas durante más de un kilómetro para superar una larga cuesta.

–¿Ésta es la famosa llanura castellana? –preguntó Raquel, mientras resoplaba con la bici a cuestas.

–Se ve que ponen un monte de vez en cuando para animar un poco el paisaje –dijo Kino.

–Después de esta subida, todo es llano –aclaró David, para animarnos.

–Me suena haberte oído lo mismo desde hace una semana –le reprochó Alicia.

–Yo lo hago para subiros la moral.

–Pues casi prefiero oír que viene un puerto de primera, así te llevas más alegría cuando no es verdad.

–Tú eres un poco masoquista.

–Sí; por eso he salido de viaje contigo.

No hay nada como el diálogo amigable, enriquecedor, constructivo. Ayuda mucho a superar las grandes pendientes. Desde el abandono de Loreto, Alicia estaba picada con David y no desaprovechaba la oportunidad de cuestionar su liderazgo y clavarle algún aguijón. De momento entre ellos no triunfaba el espíritu conciliador del Camino de Santiago; pero David tenía razón: tras superar el ascenso a la colina de Mostelares, después vinieron kilómetros y kilómetros de terreno plano, atravesando campos de cereal más extensos que el horizonte.

Pasamos por la fuente del Piojo (no probamos el agua porque sólo con nombrarla nos entraban picores) y después cruzamos sobre el río Pisuerga, entrando en la provincia de Palencia. El terreno era monótono, pero descansado. La sobriedad del paisaje se compensaba con el poco esfuerzo que había que hacer para recorrerlo.

Después de varias horas de pedalear sin sobresaltos, y tras cruzar unas esclusas del canal de Castilla, llegamos a Frómista, lugar que teníamos marcado en las previsiones para hacer un alto, echar un bocado y contemplar alguno de sus monumentos, en especial la iglesia de San Martín.

Hay sitios del Camino en los que todo el mundo te recomienda parar. San Martín de Frómista es uno de ellos. Sin duda, nosotros no éramos los únicos que habíamos escuchado esa recomendación. Cuando arribamos al famoso templo románico ya estaba bien nutrido de visitantes. Varios grupos de peregrinos se hallaban dentro y fuera de él, así como algunos turistas motorizados, incluyendo una excursión de un club de jubilados de Valladolid. Entre unos y otros, no quedaba un rincón libre donde hacerse una foto.

–Quien quiera un retrato tendrá que ser con abuelo al fondo –comentó Raquel–. Debe de haber más de cien.

–Si esperas un minuto, hago un número de magia y los mando a todos a Benidorm –dije, dispuesto a convertirme en prestidigitador para despertar su admiración.

En realidad los pensionistas iban camino de Santander y despejaron pronto el monumento, retirándose hacia sus autocares en cuanto el guía del grupo dio un par de gritos. Me pareció notar en David un pequeño gesto de envidia al ver qué obedientes se mostraban los de la tercera edad. A lo mejor estaba forjando una cierta vocación de agente de viajes. Nosotros nos mostramos menos dóciles que los abuelos cuando él propuso seguir adelante.

–Espera un poco; antes tengo que buscar un bar para ir al servicio –dijo Kino.

–¿Un bar? –se extrañó David–. ¿Es que no tienes bastante campo?

La mirada que le dedicó Kino fue de las que llevan dentro un rayo láser. Podía aceptar que David trazara la ruta, le atosigaba un poco más que también quisiera marcar los tiempos, pero lo que ya le parecía intolerable era que pretendiera indicarle cómo debía aliviar sus necesidades. No entró a discutir porque la prisa por llegar al baño era una prioridad absoluta, pero si David volvía a organizarle la existencia podíamos tener pelea.

Luego, camino de Carrión de los Condes, comprobaríamos que la sugerencia de David era muy mala, no sólo por lo que tenía de contaminante, sino sobre todo porque en un amplio espacio de terreno no había un solo árbol tras el que pudiera esconderse una persona en apuros. Ni un solo sitio discreto. Tienes un mal momento ahí, sin un triste montículo, y desde veinte kilómetros a la redonda te pillan con el culo al aire.

Antes de Carrión sólo nos detuvimos en Villalcázar de Sirga. Nos quedaba poco para el final de la etapa, pero Belén quería ver la iglesia, Alicia llevaba un rato solicitando un respiro, a Kino le apetecía tomarse una manzanilla, Raquel suspiraba por una coca-cola, y David y yo no le hacíamos ascos a comer un poco más. Pocas veces alcanzábamos semejante consenso.

En la plaza del pueblo coincidimos con un grupo de jóvenes que hablaban en una lengua que no supimos distinguir.

–Son alemanes –pronosticó Alicia.

–No –rechazó Raquel–. Es otro idioma; polaco, húngaro o algo así.

En un minuto barajamos varias posibilidades que iban del checo al finlandés, y si no especulamos con lenguas de otros continentes fue porque su aspecto descartaba por completo que fueran asiáticos o africanos. Casualmente, cuando discutíamos eso, uno de ellos se aproximó a nosotros y nos habló en un perfecto castellano.

–¿Os importaría hacernos una foto? –dijo, mostrando en sus manos una pequeña cámara.

Yo me brindé rápidamente a cumplir con el encargo. El chico me explicó dónde tenía que apretar y después se colocó junto a sus compañeros delante de la gran cruz de Santiago, con su correspondiente concha de peregrino, que adornaba la entrada de un mesón. Les pedí que sonrieran y todos a coro dijeron algo que no era «¡patata!», o tal vez sí pero en su lengua. Al devolver la cámara no resistí la tentación de interrogarles.

–¿Tú no eres de aquí, verdad?

–Soy belga, pero mis padres son gallegos. Emigraron a Amberes hace muchos años.

–¿Belgas? Pues nos había parecido que no hablabais en francés.

–En Amberes se habla flamenco.

Fin de las dudas. Con esa posibilidad no habíamos contado, como tampoco con el motivo de su viaje.

–Así que vas a hacer el camino contrario al que hicieron tus padres.

–Sí; ellos para buscarse la vida y yo para no ir a la cárcel.

–¿Cómo dices? –Pensé que no se había expresado bien, que tal vez quería decir otra cosa.

–Digo que es mejor andar durante cuatro meses que aburrirte en una celda.

–No te entiendo.

Empezaba a sospechar que su castellano era deficiente; que lo tenía bastante olvidado y que por eso hablaba de celdas y de cárceles cuando tal vez quería referirse a oficinas o institutos. Pero pronto me sacó de dudas.

–Todos nosotros hemos tenido algún problema con la policía; unos por robos, otros por drogas, ya sabes, ese tipo de cosas. Ahora formamos parte de un grupo de rehabilitación.

–¡¿O sea que sois peregrinos a la fuerza?!

–Más o menos. Es una vieja costumbre de allí, de Flandes. Viene de la Edad Media. Si el delito no es muy grave, te proponen hacer el Camino de Santiago como condena.

–Es curioso; la mayoría de la gente lo hace por placer.

–Sí, pero también algunos como penitencia.

–¿Y funciona?

–De momento no hemos robado ninguna cartera; entre otras cosas porque no nos dejan los monitores que nos acompañan –dijo echándose a reír–; pero no te fíes mucho si esta noche coincidimos en algún refugio. Ya empiezo a cansarme de ser tan buena persona.

Nos impresionó aquel descubrimiento; los motivos de aquellos belgas para viajar a Santiago. Durante el corto trayecto hasta Carrión de los Condes no hablamos de otra cosa. No salíamos de nuestro asombro. Parecían tipos normales. Nadie hubiese dicho que estaban saldando una deuda con la justicia. Todos estuvimos de acuerdo en que, para ser una costumbre medieval, era un castigo más civilizado que picar piedras o remar en galeras. Lo que no alcanzábamos a entender era el valor del Camino como método de reinserción.

–Con tantos días andando, debe de dar mucho tiempo para pensar –reflexionó Belén–. Será una especie de terapia para que mediten sobre sus vidas.

–Sí –dijo Raquel–, pero también te puede dar por discurrrir cómo atracar una gasolinera o robar un cáliz de la catedral de Burgos. Tiene que haber algo más.

–A lo mejor los curan con incienso, agua bendita y vino de consagrar –se me ocurrió como alternativa–. Tiene que ser una mezcla explosiva.

Costaba descubrir dónde estaba el secreto del Camino de Santiago como salvador de jóvenes problemáticos. Hasta el momento a nosotros no nos había reformado gran cosa, y ahí estaba el desgraciado incidente de Juanma como prueba. Claro que tampoco era lo mismo salir en bici de Roncesvalles que caminando desde Amberes. Quizá tenían ya una buena colección de ampollas, suficiente para no querer desafiar la ley nunca más.

Así de entretenidos nos plantamos en Carrión y allí nos encontramos con tres sorpresas. En primer lugar, una avería había dejado a todo el pueblo sin agua y si queríamos ducharnos tendríamos que hacerlo con alguna marca embotellada. Precisamente ese día el sol había apretado y llegábamos cubiertos por una fina capa de sudor y polvo. Además, uno de los refugios estaba cerrado por obras y el otro ya se había llenado con quienes llegaron antes que nosotros. Sólo teníamos dos posibilidades: buscar un hostal o dormir en el patio posterior de la iglesia de Santa María del Camino, lugar que nos ofreció el párroco como alternativa. Allí había algunos árboles, un pequeño huerto, un servicio, un par de mesas, sillas y una cuerda para que los peregrinos pudiéramos tender la ropa. No había colchones. En vista de nuestro presupuesto, pensamos que sería bonito dormir allí, rodeados de hortalizas, sin más intermediarios entre nosotros y la naturaleza que la delgada fibra del saco de dormir (dicho así, parece más confortable que hablar del duro suelo).

La tercera sorpresa se la llevó Belén porque la página donde debía figurar el mensaje cotidiano de Juan Peregrino había sido arrancada. A los demás esta pequeñez nos dejó fríos, pero ella se llevó el disgusto del día. Más aún cuando yo mismo le expresé mis conjeturas sobre el origen de aquella falta:

–Esto es otra chica que también se ha sentido cautivada y lo quiere en exclusiva, sin posibles competidoras.

–No me toques la moral, Francho; que ya vale.

–No te preocupes, que la descubriremos y recibirá su merecido.

–Vosotros sois los que merecéis un castigo, ¡por pesados!

A lo mejor era por eso que nos tocaba dormir en el suelo, sin asearnos y sin poder lavar ni unos miserables calzoncillos. No era un castigo sin importancia, especialmente para mí que llevaba unas cuantas prendas necesitadas de un remojón. Nos habían dicho que para recorrer el Camino de Santiago convenía llevar lo justo, ni un calcetín de más, y hacer pequeñas coladas aprovechando los días de sol. Yo había seguido el consejo al pie de la letra: viajaba ligero de equipaje a costa de tener pocas cosas que ponerme. Las consecuencias ya se saben: no estás como para que te inviten a una boda. El paso de los días, la cadena de la bici, un poco de barro, los bocadillos de chorizo y de sardinas, todo eso deja huellas en el vestuario que no siempre salen por más que frotes. Aquí me gustaría ver a los que anuncian detergentes en la tele.

En el fondo, tal vez era un ventaja que nos tocase dormir fuera. Siendo tan pequeño el refugio de la iglesia, y estando los demás peregrinos en las mismas condiciones que nosotros, sin agua corriente después de una jornada sudorosa, el aroma en el interior podía ser de los que desmayan. Eso me recordó que en la Edad Media muchos peregrinos acudían a Santiago para agradecer al santo que los hubiese librado de la peste. Quizá nosotros también teníamos que considerarlo un milagro.

- peregrinos belgos condenados
- no hay agua corriente ni espacio en el refugio
- dormir en el patio de la iglesia

8

Por suerte no llovió. No tuvimos que levantarnos en medio de la noche para buscar cobijo, pero no todos disfrutamos de unas horas de descanso. Kino apenas pudo dormir, y no fue porque estuviera poco acostumbrado a reposar con sus huesos sobre el suelo. Lo que en Frómista había sido un aviso, después se convirtió en la certeza de que llevaba las tripas revueltas. Algo le había sentado mal.

Aún no nos habíamos dormido, estábamos ya metidos en los sacos, pero charlando, cuando se levantó por primera vez para ir al servicio. Alicia se incorporó inmediatamente para llenar un pozal de agua en el aljibe situado en un rincón del patio. Seguíamos sin agua corriente y el párroco nos recomendó que hiciéramos eso si teníamos que utilizar el baño.

El resto de la noche fue una repetición continua de esa misma jugada: Kino agobiado por los retortijones, saliendo del saco para correr hacia el aseo; Alicia, detrás, a por agua y lo que pudiera ayudarle. Supongo que el amor debe de ser algo así, porque es fácil quererse paseando por el parque, pero no tanto cuando tu novio se deshace por dentro y tiene que pasar la noche sentado en la taza del váter.

Los demás oímos el trasiego vagamente, entre sueños, pero sin conocer sus auténticas consecuencias hasta que nos despertamos y vimos el rostro demacrado de Kino, con las secuelas de una noche sin dormir por la revolución que llevaba en los intestinos.

–Tienes mala cara –comentó Raquel en cuanto lo vio por la mañana.

–Pues no te puedes imaginar cómo estoy por dentro –confesó Kino.

–Deberías tomar una manzanilla.

–Sí, y un kilo de arroz hervido, que es lo que hace mi madre cuando me encuentro así. Pero sólo de pensarlo me pongo peor.

–Ahora mismo me voy a buscar una farmacia y les pido algo que te alivie –se ofreció David.

–Pañales –murmuró Kino–; a este paso tendrás que comprarme pañales.

No parecía muy confiado en cortar la diarrea que le había atacado. Ni siquiera Alicia era capaz de levantarle el ánimo. Entre el malestar y el cansancio, Kino no encontraba un hueco para tener esperanza y confiar en el poder de los medicamentos. Debía de pensar que sólo podía librarse de aquel martirio haciéndose un nudo en las tripas.

Casi tuvimos que atarlo de pies y manos para obligarle a desayunar. Sospechaba que cualquier cosa que tomara le sentaría mal y le llevaría otra vez al servicio. Sólo aceptó beber algo cuando le convencimos de que se exponía a un deshidratación. Lo malo fue que se cumplieron sus presagios: el zumo le sentó como un tiro y tuvo que salir disparado hacia el retrete. Por lo menos esta vez ya se había restablecido el suministro de agua y Alicia no tuvo que ir corriendo detrás con el pozal.

Tuvimos muchas dudas sobre qué hacer, pero fue el propio Kino quien insistió en que siguiéramos adelante.

–A lo mejor se me pasa por el camino.

David no sólo trajo un producto astringente de la farmacia, además se empeñó en aligerar de peso la bici de Kino, cargando él con algunos de sus bultos. Me dio la impresión de que se arrepentía del comentario que había hecho en Frómista, cuando pretendía que hiciera sus necesidades en el campo. David tiene su genio y es muy cabezota, pero no le importa pedir perdón y nunca deja tirado a un amigo. Siempre puedes contar con él si estás hecho polvo, y eso no se puede decir de todo el mundo.

Nos propusimos hacer una etapa tranquila, muy relajada, porque Kino y Alicia no estaban para grandes alardes. Y lo cumplimos al pie de la letra: la primera parada la hicimos en la misma salida de Carrión, a la orilla del río, para contemplar el monasterio de San Zoilo.

–Aquí pone que los primeros peregrinos consideraban este lugar muy propicio para los milagros –comentó Belén, leyendo la guía.

–Seguro que lo mío no se cura con un milagro –dijo Kino, a quien la flojera le hacía perder la fe–. A un santo le daría muy poco prestigio intervenir en un caso de colitis. El único milagro que pido es que no falte papel higiénico cuando entre en un váter.

Belén confirmó que la mayoría de los milagros registrados en las crónicas del Camino de Santiago tenían que ver con peregrinos condenados a muerte injustamente. Una intervención divina los salvaba en el último extremo. De momento, la condena de Kino, aunque molesta, no era tan radical, y seguramente por eso no tenía derecho a pedir ayuda al cielo. Debía conformarse con la que le ofrecíamos nosotros, y muy especialmente Alicia, siempre pendiente de él.

El recorrido que teníamos por delante era suave, muy suave. También algo monótono, pero eso era lo que menos nos importaba en aquel momento. Mientras sirviera para que Kino se recuperase, podíamos soportar el ritmo cansino y un poco de aburrimiento. Sin embargo, nuestro compañero no mostraba síntomas de mejoría.

Más de una vez tuvo que correr a ocultarse tras una encina. Las pastillas no le habían supuesto ningún alivio. Tal vez había que esperar unas horas para que hiciesen efecto, pero Kino ya no podía aguantar más. Cuando llegamos a Sahagún, después de toda la mañana arrastrándose sobre la bicicleta, ofrecía un aspecto tan demacrado que Alicia lo convenció para buscar un consultorio y visitar al médico.

–Así no puedes seguir, Kino –dijo, casi implorándole–. Te vas a poner cada vez peor.

–Por lo menos así adelgazo –murmuró él, con la última gota de humor que le quedaba.

¡Y tanto que adelgazaría! Acabaría colándose entero por el inodoro si no cortaba pronto aquel flujo que le trituraba el aparato digestivo. No pudo resistirse a visitar el centro de salud porque sabía que seríamos capaces de llevarlo a rastras.

Tardamos poco en encontrar la dirección que nos indicaron para acudir al médico. La espera fue mayor para que lo recibiera –tenía unos cuantos pacientes por delante–. Mientras Alicia permanecía con él, los demás nos ocupamos de comprar embutido y preparar unos bocadillos para comer. A Kino no le hicimos nada, a la espera de que el doctor decidiera lo que podía tomar.

–Si se mete ahora un bocadillo de chorizo, mañana en vez de diarrea tiene una úlcera –comentó Raquel.

–Tendremos que comprarle yogures –dijo David.

–Y manzanas –propuso Belén.

–Y carne de membrillo –añadí yo, que conocía bien sus virtudes curativas.

–Tampoco hay que pasarse –nos frenó Raquel–. A ese paso dejará de estar muy suelto para estar estreñido.

Sin duda era mejor que se curase con más ayuda que la nuestra. Con nosotros su salud podía experimentar unos cambios demasiado bruscos. Afortunadamente para él, y para el resto de la humanidad, ninguno teníamos previsto estudiar medicina, aunque dialogar sobre eso nos sirvió para repasar nuestros conocimientos caseros y para estar entretenidos mientras esperábamos a que volvieran. Cuando por fin Alicia y Kino aparecieron en la puerta del consultorio, sólo con verlos adivinamos que no traían buenas noticias. La cara de Kino no era de dolor, era de pena.

–Es una gastroenteritis –nos informó Alicia–. El médico le ha recomendado que se vuelva a casa.

Eso era lo que menos nos apetecía escuchar. Habíamos salido de Roncesvalles con la ilusión de llegar todos juntos a Santiago, y en poco más de una semana nos enfrentábamos al tercer abandono. Bueno, al tercero y al cuarto, porque Alicia no pensaba dejarlo solo.

–Yo me marcho con él –dijo con bastante convicción, como si acabaran de discutirlo y Kino hubiese intentado convencerla de lo contrario.

Ni siquiera nos atrevimos a sugerirle la dieta que habíamos pensado para que sanara. Kino nos contó que, según el doctor, ese malestar no se curaba con la alimentación irregular de un viaje como el que hacíamos, comiendo de cualquier manera y bebiendo en todo tipo de fuentes y manantiales.

–Pues me consta que más de un ciclista con gastroenteritis ha logrado aguantar los días malos sin abandonar en el Tour de Francia –comenté, recordando algunas crónicas deportivas.

Lo único que conseguí fue que Alicia me fulminase con la mirada por intentar que Kino desoyera los consejos del médico. También me aclaró que nosotros, a diferencia de mis ídolos ciclistas, no estábamos tan fuertes, ni comíamos en restaurantes ni dormíamos en hoteles ni contábamos con especialistas que vigilasen nuestro estado físico minuto a minuto. Estaba claro que ella no se dejaría convencer. No estaba dispuesta a que Kino empeorase.

Lo intentamos todo; propusimos descansar un día o dos en Sahagún, a la espera de una probable mejoría, o que se adelantaran ellos en autobús hasta León y nos aguardasen allí; dos días después, otra vez reagrupados, continuaríamos el viaje sin haber perdido ninguna jornada sobre lo que teníamos previsto. Pero no hubo manera. Alicia fue tajante: tomarían el primer tren que los acercara a casa.

–El médico lo ha dejado bien claro: no más comidas malas, no más noches durmiendo en el suelo, no más bebidas raras o aguas sin controlar –dijo con firmeza–. A Kino lo que le conviene es tranquilidad.

Daba la impresión de que él no lo tenía tan claro. Seguro que no le gustaba dejar las cosas a la mitad. Pero entre su flojedad, la prescripción facultativa y la determinación de Alicia, dispuesta a velar por su salud contra viento y marea, no le quedaba otra alternativa.

Lo único que podíamos hacer por ellos era acompañarles a la farmacia y después buscar la estación y dejarlos allí, sacando un billete hacia el este.

–No hace falta que os quedéis hasta que nos vayamos –dijo Kino, viendo que aún tenían que aguardar un rato–. Si mantenéis la idea de seguir un poco más, lo mejor es que salgáis cuanto antes.

–Pero no podemos dejaros solos –dijo Belén.

–No estamos solos –aclaró Alicia–. Somos dos, y aquí hay más gente. Kino tiene razón; deberíais marcharos ya.

No merecía la pena insistir. Estaba claro que había llegado otra vez el momento de las despedidas. Prometimos llamarlos, mantenerlos al tanto de nuestras correrías y enviar alguna postal con los paisajes y monumentos que iban a perderse a partir de aquel día. No quedaba mucho más que decir. Tan sólo desearnos suerte y seguir cada uno por su lado.

En el momento de darnos un abrazo de despedida, y aprovechando que nos habíamos separado unos metros de los demás, Kino quiso desearme fortuna en algo más que el pedaleo.

–Retiro lo que te dije sobre Raquel –me comentó en voz baja–. Espero que no te hayas enfriado por mi culpa.

–¿Enfriado yo? Aquí el único enfermo eres tú.

–Me refiero a que no estés frío con Raquel por lo que te dije.

–Ya sé a qué te refieres. No te preocupes. No estoy

frío, es que me lo tomo con calma. Me voy contagiando de esta manera de viajar; de este ritmo lento pero seguro.

–Eso de la seguridad no lo dirás por mí, o por Juanma y Loreto.

–Tampoco sois mal ejemplo. Dicen que, algunas veces, una retirada a tiempo es una victoria.

En ese momento Kino se sentía cualquier cosa menos victorioso, aunque al menos podía considerar un triunfo contar con alguien como Alicia a su lado.

Allí los dejamos, con una mezcla de rabia y pena, mientras los cuatro supervivientes de la expedición abandonábamos Sahagún para estirar un poco más la etapa. Pronto encontramos el camino, perfectamente señalizado, por donde los peregrinos atajábamos en dirección a Mansilla de las Mulas. Nuestra idea era hacer sólo quince kilómetros más y quedarnos a dormir en El Burgo Ranero, un pueblo muy pequeño cuyo refugio nos habían recomendado. Como el terreno era totalmente llano, sin un centímetro de desnivel, y el camino presentaba una superficie lisa y compacta, nuestras bicis rodaron por allí como por un velódromo y en poco tiempo llegamos a nuestro destino.

El albergue se hallaba cerrado. Una señora nos indicó que debíamos pedir las llaves en casa de un tal Jeremías y nos señaló dónde se hallaba.

–Tiene nombre de profeta –comentó Raquel cuando íbamos a por las llaves–; y si no recuerdo mal fue uno que anunció terribles castigos. Me acuerdo por un trabajo que tuve que hacer sobre la Biblia.

–Pues el próximo a ver si lo haces sobre Blancanieves y los Siete Enanitos –dije, cruzando los dedos–; lo que menos necesitamos ahora son malos presagios.

–¿No serás supersticioso?

–No, pero soy precavido, y mi padre dice que no hay que tener pensamientos catastrofistas porque son autocumplidores.

–No entiendo una palabra.

–Quiere decir que cuando piensas que algo puede salir mal, te obsesionas tanto que acabas haciéndolo mal aunque no quieras.

–¿Y eso que tiene que ver con Jeremías?

–Nada, sólo que los profetas suelen ser un poco gafes, así que mejor no hablar de ellos.

El pobre señor que nos facilitó el acceso al refugio no tenía ninguna culpa de mis prevenciones. Resultó ser un hombre encantador que no sólo nos abrió la casa, también se ocupó de enseñarnos cómo funcionaban las duchas y la cocina, y nos dijo dónde teníamos que dirigirnos si necesitábamos comprar algo.

Antes de pensar en cualquier otra cosa (comprar, merendar, asearse), Belén se dirigió a ver si había cuaderno de firmas. Tras encontrarlo, buscó en las últimas páginas rastreando las huellas de Juan Peregrino. Pero aquí tampoco halló nada. Ninguna firma, ninguno de sus mensajes cautivadores. Otra nueva decepción para nuestra compañera.

–Ríndete, Belén –dijo David–. Lo más probable es que tu amigo haya abandonado.

–Eso es lo que os gustaría a vosotros.

–A mí me da igual, pero ya hace un par de días que no sabemos nada de él.

–No tiene por qué parar exactamente en los mismos sitios que nosotros. O a lo mejor ha hecho alguna jornada de descanso y lo hemos adelantado sin darnos cuenta.

–No le des más vueltas –insistió David–; seguro que

se ha rajado. ¿Quieres que nos apostemos algo? Si aparecen más mensajes, te llevo todo el equipaje hasta Santiago.

–No digas tonterías; no tendrías donde ponerlo. En vez de una bici necesitarías una mula.

–Bueno, pues te pago una cena.

–¡Menudo gasto! Sólo comemos bocadillos y latas.

–Jugaros una mariscada para todos, a pagar cuando lleguemos a Santiago –propuse al verlos con tantas dificultades para acordar la apuesta.

–Pues como el perdedor no reviente un cajero automático, me parece que no comemos ni una ración de mejillones –dijo Raquel, muy consciente de nuestras posibilidades económicas.

Al final la apuesta quedó sin concretar. Era duro reconocerlo, pero no teníamos gran cosa que jugarnos, como no fuese quién dormía en el suelo en caso de llegar a un refugio donde sólo quedasen libres una o dos camas. Afortunadamente, en El Burgo Ranero no teníamos ese tipo de problema. Aunque a lo largo de la tarde aparecieron más peregrinos, y al final nos juntamos unos veinte, todos tuvimos un colchón donde reposar. Por cierto, Belén estuvo especialmente simpática con todos los que llegaban, haciendo el papel de recepcionista y a veces hasta de botones, ayudando a alguno a subir la mochila. Nunca he dudado de su buena voluntad pero, no sé por qué, me pareció que estaba especialmente cotilla; que indagaba a todos ellos a ver si sonaba la flauta por casualidad y aparecía milagrosamente su Juan Peregrino. No se rendía. Y eso que la mariscada había quedado definitivamente descartada.

- Kiro enfermo → Él y Alicia van a la casa
- Juan Peregrino no está en el diario
  ↳ Belén cree que lo adelantaron

9

El noveno día de viaje amaneció nublado, como si se uniera a la tristeza de ver nuestra expedición reducida a la mitad. Tal vez Alicia y Kino se habían llevado el sol con ellos.

La única ventaja de ser pocos era que tardábamos menos tiempo en estar listos para salir. Así nos pusimos en marcha más temprano que nunca, cuando sólo habían salido del albergue los peregrinos que iban a pie, siempre los más madrugadores.

Todo fue tranquilo hasta que llegamos a Mansilla de las Mulas, en parte porque el terreno seguía siendo llano y silencioso, alejado de la carretera, y en parte porque todavía arrastrábamos algo de sueño. En Mansilla la cosa cambió, en primer lugar porque David y Belén, con la excusa de que el pueblo se apellidaba *«de las Mulas»*, discutieron sobre quién de los dos era más terco y le cabía mejor la comparación con esos animales.

–Tú tenías que haber nacido aquí –dijo David a Belén.

–Pues tú en Cabezón de la Sal –replicó ella, que debió de recordarlo porque veraneaba en Cantabria.

Había que tener mucho nivel en geografía para seguir con la pelea. David no encontró un pueblo con el que contraatacar (Raquel y yo tampoco pudimos ayudarle) y prefirió cortar la conversación con la excusa de que ya estábamos en la carretera y el ruido del tráfico hacía muy difícil entenderse. Belén esgrimió una sonrisa de victoria. Tendríamos que comprar un atlas para debatir con ella.

Desde Mansilla a León fuimos todo el rato escoltados por cientos de coches y decenas de camiones. Afortunadamente, eran pocos kilómetros. Un viaje entero en esas condiciones y hubiésemos tenido que solicitar una compañía de motoristas para abrirnos paso. Tragas humo, haces nervios, recibes un sobresalto en cada adelantamiento con los vehículos que no respetan la distancia de seguridad. Los accesos a las ciudades no están hechos para los ciclistas. En ocasiones así cambiarías tu frágil bicicleta por un tanque.

A pesar de tanto inconveniente, tardamos poco en llegar al cerro desde el que divisamos León a nuestros pies (con su imponente catedral llamándonos desde lejos), la última gran ciudad de nuestro recorrido pues desde allí a Santiago no tendríamos que volver a internarnos en más capitales de provincia.

Atravesarla fue tan complicado como circular por Pamplona, Logroño y Burgos. Una constante lucha por la supervivencia en la que no puedes distraerte ni un segundo si no quieres acabar bajo las ruedas de un autobús. Por fortuna, a pesar de no ir armados con lanzallamas ni tener una bici acorazada, salimos victoriosos de la batalla con el tráfico y conseguimos llegar al refugio sin un rasguño. El único incidente consistió en un cruce de insultos entre David y un taxista por mantener diferentes opiniones sobre quién debía ceder el paso.

–Tú no busques pelea –le reprendió Belén–. A ver si vas a tener que seguir el ejemplo de Juanma.

–¡La culpa es suya! –se defendió enérgicamente David–. ¿Acaso quieres que me deje atropellar?

–No quiero que te atropellen, pero tampoco que te den un guantazo.

Ahí manteníamos diferentes criterios sobre si conviene hacerse respetar o es más adecuado tragarse el orgullo y no recriminar a los conductores que te ponen en peligro. Según Raquel, si no tienes un policía cerca, más vale callarse.

–Nunca sabes si el otro va armado –comentó como argumento.

–Sí, claro, como si esto fuese Los Ángeles o Chicago –dijo David, poco convencido.

–No hace falta llevar pistola. Una llave inglesa y una barra antirrobo también hacen mucho daño.

–En eso tiene razón –secundé a Raquel–, y nosotros lo tenemos difícil para defendernos con unos desmontables y una caja de parches.

–Pues yo creo que la dignidad tiene que estar por encima de todo –nos rebatió David, poco amigo de rendirse ante nadie.

–Eso depende –intervino Belén–; yo creo que lo primero es la supervivencia. De poco sirve la dignidad si te dejan el cuerpo lleno de cardenales.

Parecía que estábamos en una clase de Ética. David es muy peleón con esas cosas. Si lo dejábamos empezaría a discutir sobre la conveniencia de tener honra sin barcos o barcos sin honra, y no estábamos para meternos en cosas marítimas. Una vez instalados en el refugio, nuestra primera preocupación era encontrar un lugar donde las bicis estuvieran bien guardadas para librarnos de ellas mientras hacíamos turismo por la ciudad. Sólo cuando tuvimos resuelto ese asunto, a Belén se le ocurrió curiosear el cuaderno de firmas y al hacerlo no pudo reprimir una exclamación:

–¡Aquí está! ¡Lo sabía! ¡¿Quién dijo que se apostaba algo?!

Pues sí, allí estaba el famoso Juan Peregrino. Otra vez volvía a cruzarse con nosotros. Todos miramos por encima del hombro de Belén para comprobar que había dejado otro de sus poéticos mensajes con las reflexiones y sensaciones que experimentaba durante el Camino. Por la fecha de la firma, seguía llevándonos tres días de ventaja, lo cual hacía sospechar que Belén estaba en lo cierto y que la ausencia de noticias suyas durante las últimas jornadas sólo significaba que había elegido otros sitios para dormir.

David admitió su derrota, pero también quedó claro que no se había cerrado ninguna apuesta en firme.

–Has perdido una buena oportunidad de viajar ligera –le dijo a Belén, recordando el ofrecimiento de cargar con su equipaje si reaparecía Juan Peregrino.

–Me conformo con que no vuelvas a darme la paliza con este asunto.

–Eso va a ser más difícil, pero lo intentaré.

–Más te vale.

A Belén sólo le faltó mandarle que rezase algo como penitencia. Ocasión no le habría faltado porque estuvimos en buenos sitios donde hacerlo. No lo digo por el Hostal de San Marcos ni por la curiosa Casa de Botines, ese castillo de cuento de hadas enclavado en pleno centro de la ciudad, pero sí por la basílica de San Isidoro y muy especialmente por la catedral. Este templo, uno de los más impresionantes de nuestro recorrido, lo reservamos para el final, para la sesión de tarde, después de visitar los otros monumentos y tras haber devorado unos huevos fritos con morcilla –picante y casi hecha puré, la más rica que haya probado nunca– en un pequeño bar del Barrio Húmedo.

Por pura casualidad, cuando entramos en la catedral estaba oficiándose una boda en el altar mayor. Eso te hace sentir como si hubieras irrumpido en un lugar al que nadie te invitó, sobre todo si observas el aspecto de quienes participan en la celebración –trajes, corbatas, pamelas, vestidos largos, todo de estreno– y lo comparas con el tuyo –zapatillas deportivas, bermudas, sudadera, todo con muchos kilómetros de uso y sin planchar–. El ambiente era tan solemne que nos extrañó un detalle: sentado sobre los escalones de acceso a un púlpito, medio oculto y reclinado sobre sí mismo, uno de los invitados más jóvenes dormitaba.

–Yo juraría que ése está en otra ceremonia –me susurró Raquel cuando pasábamos a su lado.

–Habrá empezado la juerga antes de tiempo.

–Pues lo mismo lo dejan ahí olvidado.

–No creo. Por muy quieto que esté, le falta bastante para parecer una estatua gótica.

Sin duda era lo menos artístico de aquel impresionante lugar que recorríamos sin alzar la voz, porque todo en él, incluida la boda, imponía respeto. Lo que sí alzábamos era la mirada para observar las famosas vidrieras, que seguían siendo imponentes a pesar de faltarles un poco de luz . Pero hasta en eso tuvimos suerte. De repente, justo cuando la novia del altar decía el «sí, quiero», fuera de la catedral un rayo de sol se hizo hueco entre las nubes y atravesó aquellos grandes ventanales resaltando todo su colorido.

–¡Impresionante! –exclamó David–. Esa chica tiene un contrato con el cielo para que le pongan los efectos especiales.

Sabíamos que en las bodas contratan a orquestas y fotógrafos, que se alquilan trajes y salones, incluso algunos solicitan los servicios de un organista o una limusina con chófer, pero no teníamos noticia de nadie que dispusiera de un servicio de iluminación celestial, y aquella pareja lo parecía. Aunque las nubes volvieron pronto, y tanto la boda como nuestra visita a la catedral concluyeron en un ambiente de cierta penumbra, lo cierto es que aquellos novios podrían presumir toda la vida de esos minutos en los que el sol se sumó a su fiesta. El único que no disfrutó del milagro fue el chico adormilado. Cuando se entra en un sitio así conviene tener los ojos bien abiertos.

Al salir de allí lo primero que hicimos fue buscar un teléfono para llamar a casa de Kino e interesarnos por su salud. Lo encontramos flojo y un poco triste por el abandono, pero al menos no había empeorado. Nos contó que el viaje de vuelta había sido incómodo; mucho menos divertido que hacerlo en bici. Juró que prefería subir cien puertos antes que repetir aquel trayecto. Tal vez deberíamos retornar el año próximo para que se reenganchara.

Después de esa conversación regresamos al Barrio

Húmedo. Desde la desafortunada noche de Logroño no habíamos vuelto a salir de marcha y nos apetecía un poco de esparcimiento. Recorrimos aquellas calles repletas de bares de los que salía un aroma suculento. Picamos diferentes raciones de patatas. Las patatas cuestan poco y llenan mucho; si además tienes la suerte de encontrar sitios donde saben prepararlas con gracia, por poco dinero te quedas tan satisfecho como cenando en un restaurante de cinco tenedores.

–Deberíamos pedir la receta –comentó Belén en un bar.

–Mejor no lo hagas –dije yo–; así tenemos una buena excusa para volver a León.

–Eso está muy bien –remachó Raquel–: tienes una ciudad llena de monumentos y lo único que te inspira para volver es un plato de patatas.

–Yo no he dicho que sea lo único, pero también me parece un buen motivo.

–Yo estoy de acuerdo con Francho –me apoyó David–. Si visitas la ciudad más hermosa del mundo y comes fatal, seguro que te llevas un recuerdo horrible.

Estaba claro que no éramos de esa clase de peregrinos que apuestan por el ayuno, aunque tampoco se nos podía considerar unos glotones. En el fondo lo hacíamos por obediencia a nuestras madres. Todas ellas nos habían rogado que no descuidásemos nuestra alimentación («Sobre todo, come», había insistido la mía), aunque el amor materno no les llevó a financiarnos la visita diaria a buenos restaurantes. Una cosa es querernos y otra enviciarnos.

Esa noche volvimos hacia el refugio con el estómago contento, bien surtidos de sabrosas tapas de la tierra a precios económicos. Lástima que en nuestra retirada presenciáramos un incidente que estuvo a punto de cortarnos la digestión.

Fue en la puerta de un bar donde había aparcadas muchas motos. Nosotros esperábamos para cruzar un semáforo y vimos cómo varios chicos y chicas de nuestra edad, apoyados en sus vehículos, mareaban a un joven negro. Cogían los objetos que llevaba en una caja de herramientas –relojes, gafas de sol, insignias, llaveros, anillos, pendientes,...–, se los probaban entre risas, le preguntaban los precios y regateaban sólo por burlarse de él. Se notaba que no tenían intención de comprar.

El africano iba cargado de trastos por todas partes, y tanto le agobiaron cogiendo y dejando objetos que la caja resbaló de sus manos y cayó al suelo con gran estrépito, rompiéndose algunas cosas. A los de las motos debió de hacerles mucha gracia porque se rieron a coro, con grandes carcajadas, pero a ninguno de nosotros nos pareció divertido, y menos que nadie a Belén. Ella no pudo reprimirse y se dirigió a socorrer al africano mientras increpaba a los otros.

–¡¿Por qué no le dejáis en paz?! –gritó, al tiempo que se agachaba para ayudar al vendedor–. ¿Os gustaría estar sin un duro, en Senegal, y rodeados de negros que se rieran de vosotros?

–Tú cállate, idiota, que contigo no se ha metido nadie –respondió uno que llevaba un casco en la mano.

David saltó como una pantera, y yo, detrás, sospechando que lo de Juanma iban a parecer caricias en comparación con lo que podíamos llevarnos nosotros; y Raquel, detrás de mí, dispuesta a aumentar su colección de cicatrices cuando aún le quedaban recuerdos de la caída en Roncesvalles.

–¿A quién has llamado idiota? –dijo David, con un tono que incluso a mí me heló la sangre.

Entonces me di cuenta de que, aunque eran seis o siete, tenían un aspecto muy blandito. Mucha ropa de marca, mucha gomina y mucha moto de colorines, pero cuando se les plantó delante un tipo fuerte como David, con ese aspecto de leñador que adquiría a lo largo del Camino de Santiago, y secundado por otros dos de pinta campestre como Raquel y yo, perdieron la valentía en un instante.

–¿Tú de qué vas, de Robin Hood? –dijo el mismo que había insultado a Belén.

–Prueba a meterte con mi amiga y verás de qué voy.

–Oye, no te pases, que aquí nadie se ha metido con vosotros. Además, nosotros no tenemos la culpa de que al negro se le haya caído la caja. ¿Qué pasa, es que también es amigo vuestro?

–Es mi primo –intervine yo, envalentonado por estar junto a David–. ¿No se nota que somos del mismo pueblo?

Mientras hablaba seleccioné mentalmente con cuál de ellos me tocaría pegarme. Calculé que David podía tumbar a dos o tres de un puñetazo, así que Belén, Raquel y yo deberíamos repartirnos el resto. Pero no hubo palos. La cosa no pasó de unas miradas desafiantes. Luego las chicas tiraron de la manga a sus novietes y los convencieron para marcharse. Lo hicieron con mucho ruido, poniendo en el tubo de escape toda la energía que les había faltado en los puños, y gritando algunos insultos como despedida.

El vendedor negro estaba un poco abrumado por el incidente.

–No pasa nada. No problema –repetía.

–No te creas que aquí somos todos como esos imbéciles –se disculpó Belén.

–Tú, amiga. ¿Quieres algo? Para ti, regalo.

–No me regales nada. Véndelo todo, que a ti te hace más falta el dinero.

–Gracias, amiga.

–No me des las gracias. Lo que siento es que tengas que aguantar a niñatos como ésos. En todas partes hay gentuza.

–Sí, pero yo no de Senegal; yo de Mali. ¿Entiendes?

–Bueno, dije Senegal porque fue lo primero que se me ocurrió. Vale, ahora me acordaré siempre de Mali.

Ninguno recordábamos exactamente en qué parte de África se halla Mali, pero todos, David, Raquel, Belén y yo, nos sentimos un poco de allí. Nos sentimos vendedores de abalorios en la capital de Mali. Sentimos que nuestro Camino de Santiago pasaba por Mali. Y también notamos que Belén no era del todo consecuente con sus comentarios.

–¿No eras tú la que decía que no había que meterse en líos? –le reprochó David cuando nos despedimos de nuestro amigo africano.

–No es lo mismo pelearse por el tráfico que por los derechos humanos.

Belén nos impresionó con aquella respuesta. Tanto que decidimos nombrarla secretaria general de la ONU, presidenta de Amnistía Internacional y líder incuestionable de Peregrinos sin Fronteras (esto último lo fundamos nosotros en ese mismo instante). Y aún hubiésemos inventado más cargos honoríficos para ella si no nos hubiera amenazado con tomar represalias durante la noche y no dejarnos dormir si seguíamos bromeando con eso. Quizá no percibió que, entre amigos, a veces también nos dan ataques de pudor; que nos da un poco de vergüenza ponernos demasiado trascendentes, y que las bromas sólo eran nuestra manera de decir que estábamos orgullosos de ella.

León:
- otro mensaje de Juan Peregrino!
- matrimonio en la catedral
- pelea con pendejos que molestaron a negro → Belén defiende

10

Lástima que una ciudad tan acogedora como León nos obsequiara con una despedida llena de humos y bocinazos. Es difícil salir de las ciudades grandes sin enfrentarse a un paisaje de almacenes, fábricas, gasolineras y desguaces, con un tráfico intenso y nervioso. Eso lo puedes soportar cuando vas en autobús, pero se convierte en una pequeña tortura cuando tu medio de transporte es la bici y parece que nunca finaliza ese corredor industrial.

En este tramo no teníamos más alternativa que seguir la estela de los coches porque aquí el trazo del Camino coincidía exactamente con la carretera. Así que paciencia y a pedalear por el arcén con mucho cuidado. Sólo cuando llevábamos casi treinta kilómetros encontramos una buena excusa para dejar de lado a los camiones y desviarnos un poco a la derecha. Lo hicimos para detenernos en Hospital de Órbigo, donde aprovecharíamos para tomar un bocado a la sombra del famoso puente del Paso Honroso.

Como en los demás monumentos del Camino, Belén echó mano de la guía para ilustrarnos sobre la historia de aquel lugar y nos contó las hazañas del caballero medieval don Suero de Quiñones, que por amor a una dama retó durante un mes a todos los de su rango que querían atravesar el puente.

–Puso como testigo al apóstol Santiago y se fijó la obligación de romper trescientas lanzas de otros tantos caballeros –nos informó Belén.

–¿Y lo consiguió?

–Parece ser que se quedó en sesenta y ocho. Luego lo hirieron.

–Y por sesenta y ocho puntos, en vez de casarse con la señora del castillo, sólo tenía derecho a sacar de paseo a la cocinera –se me ocurrió como final para el cuento.

–Yo tengo una solución más realista –dijo Raquel–; mientras él andaba todo el día con el caballo y la armadura, su pretendida se dejaba seducir por un juglar.

–¡Eso es! –le apoyó Belén–. Los hombres nunca termináis de comprender que nosotras preferimos un poeta a uno que va por ahí peleándose con todo el mundo.

–Pobre don Suero –comenté–; no cumple su apuesta, lo dejan maltrecho y un montón de siglos después venís vosotras a desprestigiarlo.

–La próxima vez que mande más flores y rompa menos lanzas –sentenció Raquel.

Las chicas se habían levantado con el día iconoclasta y ya no respetaban ni a los mitos del Camino de Santiago, aunque el puente de la historia sí nos inspiró mucho respeto y también alguna foto. Nos pareció uno de los más hermosos de todo el recorrido.

Después de esa parada no volvimos a detenernos

hasta Astorga, unos quince kilómetros más allá. Un paseo. Nuestro libro de ruta marcaba varios puntos de interés en aquella ciudad, especialmente la catedral y el palacio episcopal, pero también una pastelería donde vendieran las famosas mantecadas de Astorga, algo que tanto David como yo nos habíamos propuesto desayunar al día siguiente. Por suerte, todo lo que nos interesaba lo encontramos concentrado alrededor de la misma plaza y eso nos permitió una visita rápida pero intensa, con alguna sorpresa interesante como los diferentes colores de la fachada de la catedral, con una torre de piedra gris y otra de piedra rojiza.

–Nunca había visto nada igual –confesó David–. Tal vez tendrían que llamar a los pintores para igualar el tono.

–Sí, y luego que te den a ti un brochazo en la cabeza por tener ideas tan raras –replicó Belén.

–Está visto que no se puede ser innovador –concluyó David, sintiéndose un incomprendido en cuestiones artísticas.

Cuando dejamos Astorga los dos seguían discutiendo sobre los colores de las catedrales. Nuestra intención era seguir unos veinte kilómetros más; apurar la jornada llegando a Rabanal del Camino por la carretera solitaria que sigue la vieja ruta de los peregrinos. Volvimos a olvidarnos del tráfico intenso. Los coches tienen otra variante más moderna para llegar a Galicia. Nuestro recorrido coincidía con pequeños pueblos y un paisaje agreste y solitario que tenía algo de sobrecogedor. Aunque, a lo mejor, lo que verdaderamente me sobrecogía era que empezaban otra vez las cuestas.

Nos lo tomamos con tranquilidad, cada cual a su ritmo, con David siempre un poco por delante, Belén en medio y Raquel y yo algo más rezagados, circulando en paralelo, de charla, con la tranquilidad de no cruzarnos con un solo vehículo.

–Parece mentira pero ya llevamos unos quinientos kilómetros –comenté mientras hacía mis propios cálculos.

–Cuando me caí, pensé que no llegaría tan lejos –reconoció Raquel.

–Muchos en tu lugar hubiesen abandonado.

–Era demasiado pronto para retirarse. Si en vez del primer día me caigo el cuarto o el quinto, quizá me hubiera vuelto para casa.

–Pues me alegro de que te cayeras en Roncesvalles.

–¡¿Cómo que te alegras?!

–Quiero decir que mejor allí que en otro sitio. Vamos, que me alegro de que sigas con nosotros.

No es fácil expresar interés por una chica cuando tienes que dedicar todo tu aliento a pedalear con energía, pero creo que Raquel me entendió, aunque las circunstancias –y una mezcla de prevención y miedo al rídiculo– me impidieran ser más explícito. Estas cosas parecen más sencillas en un bar, con la música muy alta y una cerveza en la mano. En plan deportivo, y en plena naturaleza, parece que te encuentras desasistido, como si faltaran apoyos externos y sitios donde esconderse.

Mientras me preguntaba cómo cortejarían a las chicas cuando todo el mundo vivía en el campo (tendría que hablar con mis abuelos), nuestra meta del día apareció en el horizonte. Rabanal del Camino nos recibió con las luces del atardecer, poco después de que el sol se ocultara tras los montes que debíamos superar al día siguiente.

Nos acomodamos en un gran refugio, mucho más

grande de lo que podíamos imaginar en comparación con el tamaño del pueblo. Había otros peregrinos de diferentes nacionalidades, incluso el propio encargado que se hallaba al frente del albergue era inglés, de una asociación que cuida este punto de descanso. Su alta ocupación se debía a que era el lugar idóneo para dormir antes de enfrentarse a la travesía de las montañas que separan la Maragatería de El Bierzo, las dos comarcas leonesas por las que cruza el Camino antes de entrar en Galicia.

Estábamos contentos de haber llegado hasta aquí (ahora sí experimentábamos la sensación de hallarnos muy lejos de casa), y Belén aún tuvo más motivos para alegrarse cuando descubrió otro mensaje de Juan Peregrino.

–¿Qué dice ahora? –preguntó David.

–Que me debes una cena –respondió Belén.

–De eso nada. Perdiste tu oportunidad porque te faltó decisión para concretar la apuesta.

–No quise arruinarte, pero tú sabes que estás en deuda conmigo.

–Excusas. Para ganar hay que arriesgarse.

–Sí –intervino Raquel–, y para cenar hay que moverse, pague quien pague. ¡Así que vámonos ya!

En el refugio nos habían comentado que existía un bar en el pueblo donde, por un módico precio, podíamos tomar un menú que incluía una sustanciosa sopa especial para peregrinos. Por una vez decidimos darnos un homenaje, aparcar los fiambres y las latas, y comer en una mesa con mantel. Era nuestra manera de celebrar que habíamos llegado muy lejos, aunque hubiese sido a costa de perder la mitad de la expedición durante el trayecto. Al menos nos merecíamos la cena de los supervivientes.

El bar, la sopa y el precio colmaron todas nuestras expectativas. Todo parecía de otra época, de cuando existía la hospitalidad con los visitantes y no sólo el sablazo a los turistas. Los cuatro estuvimos de acuerdo en que estos pueblos apartados poseen algo especial, aunque no había unanimidad sobre la característica que los diferencia.

–Son más puros, más espirituales, más sencillos –dijo Belén.

–Tienen más tranquilidad –reflexionó Raquel–; viven sin estrés y sin prisas. Eso los hace más humanos.

–Se están quedando vacíos –comentó David–, y la soledad los deja sin ambiciones y sin esperanzas.

–Pues yo pienso que por un plato de sopa no hay que hacer una tesis doctoral –aporté al debate–. Si nos oyen se van a sentir como insectos en el microscopio.

–Insecto tú –me replicó Belén–, que pareces Pepito Grillo.

También podía haberme comparado con la Abeja Maya o con la Hormiga Atómica, pero al parecer le vino antes a la memoria el cuento de Pinocho. Menos mal que no se acordó de *Los tres cerditos* porque hubiesen sido demasiado indigestos para acompañar al postre.

Salimos de allí charlando animadamente. Hacía una noche perfecta, con una temperatura que invitaba a seguir la conversación más que a acostarse. Como aún no teníamos sueño, y en el dormitorio común no podíamos hablar para no molestar a los que ya se habían acostado, decidimos quedarnos a las puertas del refugio, tumbados sobre la hierba, contemplando un cielo que parecía increíblemente cercano y en el que no había una sola nube que estorbase la visión de las estrellas.

–Este cielo me da un poco de vértigo –confesó Raquel–; como si en vez de estar sobre mí estuviera debajo y me fuese a caer en él.

–No sabía que el pimentón produjera alucinaciones –bromeé.

–En serio, Francho –insistió Raquel–; concéntrate en las estrellas y verás cómo te pasa.

–Ya estoy concentrado. Intento encontrar la Osa Mayor.

–Es muy fácil –dijo Belén, que era quien más sabía de constelaciones–. Cuatro estrellas muy brillantes formando una especie de trapecio y tres más haciendo de cola. Allí a la derecha, ¿la veis?

–Yo no veo osos por ninguna parte –dijo David–, pero aquellas cinco estrellas de allí parecen una boina. ¿Hay alguna constelación que se llame así?

–Ni lo sueñes –rechazó Belén–. Todas tienen nombres de animales, de dioses, de signos del horóscopo; cosas así.

–Pues yo también veo un botijo –dije para apoyar a David.

–Y yo una maceta –nos secundó Raquel.

–Claro –suspiró Belén–, y si le echáis mucha imaginación veréis a *Caperucita Roja.*

–¿Es que acaso no le echó imaginación el que dijo que aquello era una osa? –preguntó David–. Todo el mundo tiene derecho a inventarse un cielo a su medida.

De repente nos rebelamos contra los tratados de astronomía y, allí tumbados, decidimos bautizar nuevas constelaciones a nuestro capricho. Tan pronto veíamos una pera como el escudo del Real Zaragoza;

lo mismo nos topábamos con un guante que con una sartén. El firmamento era un tapiz de puntos luminosos que podíamos combinar de mil maneras.

–Lo que no entiendo muy bien es por qué al Camino de Santiago lo llaman el Camino de las Estrellas –dijo David–. Te volverías loco si intentaras seguir una ruta de estrella en estrella.

–El camino sigue la dirección de la Vía Láctea –explicó Belén.

–Sigo sin entenderlo –insistió David–. Las estrellas son un revoltijo indescifrable. No sé cómo alguien puede orientarse por ellas.

–Mucha gente las conoce a la perfección; saben sus nombres, el lugar que ocupan en el cielo y en cuál de ellas deben fijarse para navegar o seguir el camino correcto.

Creo que todos empezábamos a sentir esa misma atracción, como si al permanecer tumbados mirando hacia arriba todas esas luces brillantes nos estuvieran hipnotizando. Pero David se resistía a caer bajo su embrujo.

–Pues yo lo llamaría el camino de las flechas –dijo, recordando todas aquellas de color amarillo que indican la buena dirección desde el Pirineo hasta Santiago.

–Como si lo quieres llamar el camino de los baches o el camino de las avutardas –dijo Belén–, aunque dudo que impongas esa denominación.

–No le deis más vueltas –cortó Raquel–. Pensad que lo llaman el Camino de la Estrellas en nuestro honor; que el camino es el camino, y nosotros somos las estrellas.

No quisimos preguntarle qué clase de estrellas éramos, si estrellas del ciclismo o estrellas de cine, de la película que cada uno de nosotros se montaba a medida que avanzábamos en nuestro objetivo. Nos gustó esa explicación. Nos gustó sentirnos estrellas en el camino, aunque fuésemos una constelación que poco a poco perdía unidades. Al menos nos esforzábamos por mantener intacto el brillo y conservar los destellos suficientes para llegar un poco lustrosos a Santiago.

Así nos fuimos a dormir, borrachos de estrellas, convencidos de que deberíamos subirnos el saco hasta arriba para no deslumbrar a quienes compartían el refugio con nosotros.

- puente famoso & ciudad de Astorga en camino
- noche en un pueblito, buena comida & lindas estrellas

11

Como otros días, David volvió a imponer un desayuno fuerte para todos –entre él y yo no dejamos ni una mantecada– aunque la etapa que teníamos por delante acumulaba más kilómetros de descenso que de subida.

–Es igual –justificó David–; la primera parte es muy empinada, y además también se necesitan fuerzas para frenar bien en las bajadas.

El argumento era muy forzado, pero le hicimos caso. Tomamos nota de los peregrinos que iban a pie, que además de alimentarse bien salían muy temprano porque para ellos los veinte kilómetros cuesta abajo, camino de Ponferrada, no suponían ningún descanso. Ellos tenían que ganarse cada metro paso a paso, y no como nosotros que en tramos así podíamos olvidarnos de dar pedales.

En el refugio había muy buen ambiente. La gente, mientras se preparaba para salir, contaba sus hazañas y sus desgracias a lo largo del Camino, las previsiones para ese día, la fecha elegida para llegar a Santiago. Nosotros hablamos con otros peregrinos ciclistas que nos comentaron sus planes inmediatos. Mikel y Edurne, de Bilbao, tenían prisa por llegar a Compostela y se habían propuesto dormir esa noche en O Cebreiro. Un palizón; pero pertenecían a un club ciclista y se les veía muy fuertes. Con más calma se lo tomaban los mallorquines Tomeu, Xesca y Catina, que pasarían la noche mucho más cerca, en Ponferrada. Entre ambos extremos, nosotros habíamos fijado un término medio en Villafranca del Bierzo. Allí nos prepararíamos para iniciar al día siguiente el asalto a Galicia.

Dejamos Rabanal con un buen sabor de boca, un sabor a sopa y a estrellas –no es una mezcla tan rara; mi madre suele hacerla, aunque sus estrellitas sean de pasta–, y nos adentramos en un paisaje muy especial, sobre todo por la sensación de soledad que lo hacía más conmovedor.

La impresión de atravesar un territorio singular se acrecentó cuando llegamos al primer pueblo, o, mejor dicho, a lo que quedaba de él. El sitio era Foncebadón, pero ese nombre ya sólo servía para un montón de piedras.

El panorama era tan desolador en aquellas ruinas que nos sorprendió encontrarnos con un hombre de mediana edad, alto y fuerte, con una melena lacia, bigote y barba de pocos días. No parecía un pastor, pero tampoco un peregrino, sino un bohemio recién salido de una noche de vino y versos. Se hallaba sentado sobre los restos de un muro, contemplando el pueblo abandonado mientras tomaba notas en un cuaderno que apoyaba en sus rodillas.

Belén quiso parar allí mismo con la excusa de

hacer una fotografía. Dijo que le impresionaba mucho aquel paisaje con ruinas, pero a mí me pareció que también había encontrado muy atractivo al hombre que estaba allí, y lo suficientemente enigmático como para querer hablar con él. La confirmación de mis sospechas vino después de la foto, cuando Belén se dirigió amistosamente a aquel extraño.

–Hola –saludó alegremente–. Es impresionante este lugar, ¿verdad? ¿Ya no vive nadie aquí?

–Nadie –respondió el hombre–. A no ser que quede algún fantasma.

–No me extrañaría.

–Tal vez anda vagando todavía el fantasma de Teresa, la última vecina. Cuando sólo quedaba ella, vinieron de Astorga para llevarse la campana de la iglesia a un museo. Teresa subió a la torre y los hizo retroceder a todos a pedradas. Dijo que la campana seguiría allí mientras ella estuviera en el pueblo, entre otras cosas porque aún tenía que sonar el día de su entierro.

–¡Qué historia más dramática!

–Pues no sabes lo peor. El día que fueron a enterrarla descubrieron que se había desprendido el badajo de la campana. La voltearon pero no se escuchó ningún sonido. Dicen que desde entonces Teresa deambula por estos montes, y que no descansará hasta que alguien haga sonar una campana que anuncie su muerte.

El tipo era interesante, pero contaba unas historias capaces de asustar a cualquier chica; salvo a Belén, cuya curiosidad era mayor que el estremecimiento que sentíamos los demás escuchando aquellas cosas. Aun se interesó por saber de dónde era y qué hacía allí solo. Nos dijo que tomaba apuntes –no aclaró para qué–; que él también procedía de un pueblo desaparecido (el suyo había sido sepultado por las aguas de un pantano) y que incluso en nuestra tierra conocía algunos rincones solitarios con una magia especial, como Ainielle, un lugar de los Pirineos donde los árboles en otoño dejan caer sus hojas como una lluvia amarilla.

Aquel hombre tenía algo que embrujaba, pero no podíamos quedarnos allí toda la mañana. Le deseamos suerte y nos despedimos. Teníamos mucho camino por delante y otra parada prevista no muy lejos de allí, a unos tres kilómetros. Apenas tres mil metros, pero de mucho esfuerzo, para ascender a un punto mítico del camino: la Cruz de Ferro.

Todos pensábamos que aquel paisaje tenía algo de fantasmagórico y que no nos atreveríamos a pasar a otra hora que no fuese en pleno día. De haber llegado allí atardeciendo, como hicimos en Rabanal, cada sombra nos parecería el alma en pena de la última habitante de Foncebadón. Y esa sensación de hallarnos en un terreno poblado por espíritus se acrecentaba especialmente al pie de esta pequeña cruz de hierro, levantada sobre un largo palo de cinco metros de altura. La costumbre dice que todo peregrino que pasa por allí debe depositar una piedra a los pies de la cruz. Miles y miles de personas han obedecido esa recomendación durante siglos, dejando en la base de este sencillísimo monumento un impresionante montículo de piedras.

Nosotros también cumplimos con la tradición. Dejamos las bicis en la cuneta, buscamos por los alrededores un guijarro, un canto, cualquier pedrusco que aún no hubiera sido arrojado al montón, y lo lanzamos ceremoniosamente, sintiendo que aquello formaba parte de un ritual.

–¿Hay que pedir algún deseo? –pregunté mientras arrojaba mi piedra.

–No; eso se hace al llegar a Santiago –respondió Raquel.

–Parece mentira –reflexionó Belén–; sólo es un montón de piedras, un palo y una cruz enana, pero impone tanto respeto como la catedral de Burgos.

–A mí lo que me parece mentira es que todavía queden piedras en los alrededores –comentó David.

–Eso no es raro –añadí– lo sorprendente es que antes de llegar aquí no hayan montado un negocio de piedras personalizadas, con formas y colores vistosos, y en las que se pueda escribir el nombre del comprador y dejarlo para la posteridad.

Teniendo en cuenta la cantidad de objetos que se venden en otros famosos lugares de peregrinación (Belén, Lourdes, Fátima), mi idea no era descabellada. Tal vez, si aumentaba mucho el número de peregrinos, algún día veríamos una tienda de recuerdos y un quiosco de bebidas bajo la sombra de la Cruz de Ferro. De momento lo que veíamos era un territorio grandioso, valles y montañas envueltos en la neblina de las primeras horas de la mañana, y también las antenas de unas instalaciones militares, muy cerca de las cuales nos enfrentamos a la cuesta más empinada en todo lo que llevábamos recorrido. Corta, pero vertical. Una auténtica pared. Hasta David la subió andando. En sitios así no merece la pena desriñonarse.

Inmediatamente después iniciamos un descenso largo y sinuoso, con un fortísimo desnivel y una carretera que no permitía ninguna distracción. Había que agarrarse a los frenos casi con desesperación, apretando fuerte al entrar en cada curva para no practicar el vuelo sin motor en cualquier barranco.

Sobre el asfalto se hallaban pintados los apellidos de numerosos ciclistas profesionales. Nosotros los veíamos del revés porque fueron escritos para animar a quienes ascendían en una dura etapa, no para entretener a los peregrinos que bajábamos hacia Ponferrada. En realidad, eran otro riesgo añadido en aquel tramo tan peligroso. Había que tener cuidado porque algunos se habían rotulado con una pintura tan resistente como deslizante; si pasabas a mucha velocidad sobre algún trazo grueso, en una zona de sombra con un poco de humedad, podías verte arrojado al suelo por uno de aquellos nombres míticos escritos a brochazos. Como para quitarle a cualquiera la afición al ciclismo.

Con todos esos peligros, fue un milagro que llegáramos abajo sin dejar huesos y dientes por la carretera, pero entramos en Ponferrada sanos y salvos, tal vez un poco tensos por las dificultades del descenso. Nuestra intención era relajarnos, dar una vuelta, comprar algo de comida y seguir adelante; pero no encontramos tanta tranquilidad como habíamos previsto. Para nuestra sorpresa, la zona céntrica rebosaba de gente. Eran miles de personas y no estaban allí de fiesta ni de paseo; bastaba con ver las banderas y pancartas que enarbolaban para saber que aquello era algo muy serio.

–Es una manifestación de mineros –nos explicó un abuelo al que interrogamos.

–¿Qué piden? –preguntó Belén.

–Seguridad en el trabajo –aclaró el jubilado–. Seguridad dentro y fuera de la mina; dentro, para que no haya accidentes, y fuera, para que haya futuro. Al paso que vamos, los mineros somos una especie a extinguir.

Todo lo que pedían nos pareció justo, pero no estábamos en la mejor situación para unirnos a sus reclamaciones. Hubiésemos dado la nota de habernos sumado a la marcha reinvindicativa con nuestros atuendos deportivos y nuestras bicis cargadas de bultos. Los vimos pasar en silencio, con el respeto que imponían todos aquellos rostros de firmeza, de hombres y mujeres dispuestos a pelear duro por la supervivencia.

–Nunca podría ser minero –comenté cuando se alejaban–. Tendría claustrofobia, me ahogaría, me faltaría el aire.

–Si tuvieses que mantener a tu familia se te pasarían esas manías –dijo Raquel–. Entonces bajarías a la mina y a un pozo con serpientes si hacía falta.

–No. Imposible –insistí–. Ni minero ni buzo, buscaría otra cosa; aunque fuese igual de dura, pero al aire libre.

–Pues qué pena –dijo David–. Precisamente había pensado que algún año podíamos hacer un curso de espeleología y otro de submarinismo, pero ya veo que contigo no podemos contar.

–Cámbialo por paracaidismo y vela –propuse.

–¿Y por qué no algo más barato? –dijo Belén–. ¿Qué tal un curso de manualidades; repujado, taracea, cosas así?

–Eso no es ningún deporte –rechazó David.

–Con este viaje en bicicleta tenemos deporte para varios años –dijo Raquel–. Ya estoy harta del sillín; la próxima vez que hagamos algo juntos será para quedarme tirada en una hamaca.

Yo me ofrecí a inventar la tumbona con ruedas y

pedales para que Raquel nos acompañase siempre, pero ella aseguró que se conformaría con unos asientos un poco más anchos y mullidos. David propuso comprar un cojín y atarlo sobre la bicicleta. Después de todo, casi pasaría desapercibido junto a los otros bultos que llevábamos. Pero Raquel juró que sólo había sido un comentario inocente, que iba muy feliz sobre la bicicleta y que no volvería a quejarse nunca más.

–Primero le ponéis cojines y luego querréis colocarle tapetes y cortinas –dijo horrorizada–. Me veo llegando a Santiago con la bici convertida en un cuarto de estar.

Hubiera sido la peregrina más fotografiada del año, pero Raquel es muy discreta. Nos quitó de la cabeza esas ideas que surgieron cuando buscábamos nuestra próxima parada turística, el castillo templario de Ponferrada; otro buen lugar para hablar de duendes, brujas y fantasmas.

Mientras admirábamos los muros y las torres almenadas de aquella construcción, David aprovechó la proximidad de una cabina para dejarnos un momento y llamar a casa. Hacía cuatro o cinco días que no rendía novedades a su madre y ya tocaba fichar; dar un toque a la familia para que permanecieran tranquilos sabiendo que todo iba bien.

David no se entretuvo mucho en la llamada; en apenas cinco minutos volvía a estar con nosotros, pero el David que retornó a nuestro lado no tenía la misma cara que quien acababa de dejarnos. Estaba blanco, pálido y con un indisimulable gesto de contrariedad.

–¿Pasa algo? –preguntó Belén al verlo llegar con aquella expresión de disgusto.

David no respondió inmediatamente. Primero cabeceó asintiendo y después se pasó las manos por la cabeza, como si necesitase despejar sus pensamientos.

–Mi padre ha tenido un accidente –dijo con la voz quebrada–. Está fuera de peligro, pero se ha roto las dos piernas y varias costillas. Lo han ingresado en el hospital Miguel Servet.

Después nos dio los detalles: ocurrió dos días antes, en la carretera de Logroño, a la altura del cruce de Pinseque; un coche no respetó un «Ceda el Paso» y el padre de David no pudo esquivarlo. Él fue quien salió peor parado; el otro conductor sólo sufrió magulladuras.

–Tengo que volver a casa –dijo David, como quien lee una sentencia de treinta años y un día–. Mi madre pasa muchas horas en el hospital y mi hermana no puede atender sola la tienda.

–¡Pero ya estamos muy cerca de Santiago! –dije, incrédulo ante la situación que se nos planteaba–. A lo mejor tu padre prefiere que acabes el Camino y que se lo dediques a él.

–Mi madre me ha pedido que vuelva; y aunque no lo hubiese hecho tampoco podría continuar. Tendría la cabeza en otro sitio. No puedo dejar a mi padre allí tirado y la tienda cerrada.

Era inútil insistir porque todos nos poníamos en su pellejo y comprendíamos sus razones; las médicas, las afectivas y las económicas. Los padres de David tienen una ferretería en la que trabajan los dos, y en una situación así toda ayuda es poca. Sólo podía tomar una decisión, pero era demasiado cruel. David no se merecía algo así; tener que abandonar a las puertas de Galicia, con sólo cuatro etapas por delante –según nuestras previsiones–, siendo el principal organizador del viaje y sobrándole fuerzas para llegar a Santiago, a Finisterre y a donde se propusiera.

Todos los que habían abandonado antes que él tal vez salieron de casa barajando esa hipótesis; seguro que Juanma, Loreto, Alicia y Kino habían contado con la posibilidad de verse obligados a desistir. Pero David no. Nunca. Su carácter le impedía pensar que saldría de Roncesvalles sin otro resultado que llegar a Compostela. Para él era especialmente duro tener que regresar, y eso lo sabíamos muy bien los demás.

–¡No hay derecho! –exclamó Belén, llena de rabia–. ¡Y todo por un desgraciado que se salta una señal!

–Ése es el que tendría que cuidar a tu padre y trabajar en la tienda –dijo Raquel–. ¡Que pague lo que ha hecho!

–Por mucho que me enfade, la cosa no tiene remedio. Aquí me quedo. Galicia tendrá que esperarme un año más.

–¡Pero no es justo! –insistió Belén–. Si te vas tú, nos vamos todos.

–¡De eso nada! –rechazó David–. Tenéis que acabar el Camino por mí.

Las paredes del castillo de Ponferrada asistieron en silencio a nuestro desaliento. En las últimas jornadas llegamos a pensar que ya habíamos superado todos los inconvenientes y que nada nos detendría hasta nuestra meta final. Nos habíamos conformado con llegar la mitad de los que salimos, pero la baja de David nos dejaba muy disminuidos; y lo que era peor, también añadía más incertidumbre, como si estuviéramos gafados y quizá ninguno de nosotros pudiera concluir el viaje.

Con ese pesimismo y esa mala gana acompañamos

a David a la estación de ferrocarril; allí comprobó que podía volver a casa esa misma tarde en el expreso Vigo-Barcelona. Mientras él sacaba el billete, pensé que casi estábamos viendo más estaciones que catedrales. Ya éramos asiduos de los vestíbulos y las salas de espera, pero David no quiso que aguardáramos juntos la llegada de su tren. Se empeñó en que nos marcháramos.

–Aún tenéis que llegar a Villafranca –insistió–. Si os quedáis conmigo se hará muy tarde.

Nos resistíamos a obedecerle. Había sido todo tan precipitado que costaba trabajo hacerse a la idea de la separación. Queríamos quedarnos con él, tal vez para compartir unas horas que nos permitieran asimilar su marcha. Sin embargo, David tenía otra idea:

–¡Quiero que os vayáis cuanto antes! No me gustaría veros aquí cuando salga el tren. Eso me dolería más.

–¡Pero no podemos dejarte aquí tirado! –contestó Belén.

–Tú eres la que vas a quedarte tirada de noche y en medio de la carretera si no os marcháis ahora mismo. ¡Tenéis que salir ya!

David era más terco que cualquiera de nosotros, así que no tuvimos más remedio que aceptar su petición y replegarnos. Tal vez prefería pasar un rato aburrido, a la espera del tren, a vivir el trago de decirnos adiós desde la ventanilla de un convoy en marcha. Yo lo comprendía muy bien. Esas despedidas siempre me han parecido muy tristes. Para que su retirada no se pareciera a esos adioses melancólicos de los andenes, fue David quien nos despidió en la calle, a las puertas de la estación. No sabíamos bien qué decirnos.

–Te llamaremos para saber cómo está tu padre –dijo Raquel.

–No os preocupéis. No hace falta que estéis pendientes de eso.

–Eres un cabezota –repitió Belén, que no se resignaba a dejarlo allí.

–Tú me superas con mucho.

–¿Quieres alguna cosa de Santiago? –pregunté.

–Me basta con que lleguéis. Será como los alpinistas, que cuando uno alcanza la cumbre es como si toda la expedición lo hubiese logrado.

Nos dimos un abrazo fuerte y prometimos que haríamos todo lo posible por darle uno igual a la estatua del apóstol. Después montamos en las bicis y arrancamos dejándolo atrás. Salimos muy despacio, como si tuviéramos plomo en las piernas. La última vez que me volví para decirle adiós ya se había retirado al interior de la estación. Creo que la rabia no le permitía ver cómo nos alejábamos.

La salida de Ponferrada se hizo muy penosa. El tráfico nos pareció más molesto que nunca y las industrias que flanqueaban la carretera despedían una carbonilla que se pegaba al paladar. Apenas teníamos ganas de hablar, y cuando cruzábamos una palabra era para quejarnos de los coches que pasaban pegados al arcén o para lamentar otra vez la mala suerte de David.

Los veinte kilómetros, prácticamente llanos, que faltaban para Villafranca del Bierzo nos parecieron los más tediosos de todo el recorrido. Ningún otro tramo lo habíamos hecho con tanta pereza. Parecíamos un pelotón de trabajos forzados. Sólo nos faltaba llevar un tipo detrás arreándonos con un látigo.

–Tenemos que hacer algo para levantar la moral –comenté a la vista de nuestro escaso entusiasmo.

–Haz lo que quieras, menos ponerte a cantar jotas –me advirtió Raquel–; no tengo el cuerpo para folclore.

–Yo tampoco –reconoció Belén–; en cuanto llegue al refugio, me meto en el saco y no salgo hasta mañana.

–¿Cómo, sin buscar el mensajito de tu amigo invisible? –pregunté inocentemente.

–No lo sé. Ya veremos –dijo Belén con evasivas–. Entre fantasmas, sustos y malas noticias, me parece que hoy ya acumulo demasiadas emociones.

A la hora de la verdad, Belén no pudo mantener sus intenciones porque la curiosidad pudo más que la desgana y, como yo había sospechado, en cuanto llegamos al refugio de Villafranca del Bierzo buscó con disimulo el cuaderno de notas para comprobar si había alguna frase de su peregrino pegajoso, al que iba unida desde Pamplona o más atrás. Dentro de una jornada tan aciaga, aquello me pareció una buena señal. Al menos le serviría para mantener el interés por llegar a Compostela.

Tal vez Raquel y yo deberíamos buscar algún aliciente parecido para superar las últimas horas bajas. Tendría que hablar con ella; ver si había alguna posibilidad de convertirnos el uno en el aliciente del otro. Quizá no era muy realista por mi parte, pero, cuando uno anda necesitado de estímulos, a veces conviene mandar al infierno el realismo.

- mucha subida
- pueblo de fantasmas, Cruz de Ferro
- David abandona pq. su papá tuvo accidente
↳ todos tristes

12

Antes de salir de Villafranca, yo también curioseé a escondidas las páginas donde Belén rastreaba los mensajes de Juan Peregrino. Me sirvió para confirmar que ese misterioso personaje estaba cada vez más desatado, que se apasionaba según nos acercábamos al final. Esta vez decía: *«Detrás de esas montañas puede aguardarnos algo más que una meta final. Detrás de esas montañas no acaba nada. Tal vez sientes, como yo, que el corazón empuja hacia adelante. Todos estos días de ilusiones y esperanzas no pueden morir de golpe por llegar al final del Camino. Todos estos días nos unen en un mismo sentimiento y no podemos dejar que se apague esta llama»*. En fin, a lo mejor sólo quería un mechero, pero yo juraría que eran otras llamas las que pretendía encender. En vista de lo que conseguía con gente como Belén, tal vez debería tomar nota por si me decidía de una vez a iniciar el asalto a esa fortaleza llamada Raquel.

Mis dos compañeras amanecieron esa jornada con

el ánimo desmejorado, como el cielo, que estaba gris y plomizo. El pronóstico meteorológico preveía nubes y claros, pero la claridad había que buscarla con lupa entre unos nubarrones oscuros que no mostraban ninguna intención de dejar que asomara el sol.

–Hoy lloverá –aventuró Raquel mientras desayunábamos.

–He visto nubes peores que no han descargado ni una gota –dije por introducir un dato para el optimismo.

–Eso será en los Monegros, pero te recuerdo que estamos a punto de entrar en Galicia.

–Lo dices por la fama que tiene, pero en Galicia ya no llueve tanto –insistí–. Eso era antes del agujero de ozono, el efecto invernadero, el cambio climático y todos esos desastres ecológicos.

–Sí, ya sé que aumenta la sequía, pero yo por si acaso tendré a mano el chubasquero.

Al final siempre me convencen. No sólo coloqué las prendas impermeables en el lugar más accesible del equipaje, también ayudé a Raquel y Belén a buscar plásticos con los que cubrir los bultos que llevábamos sobre la bicicleta. Mi saco de dormir acabó envuelto en varias bolsas de Supermercados Compre Fácil. Probablemente no se mojaría, pero tenía un aspecto lamentable; como si llevase un kilo de morcillas en lugar del saco.

Daba un poco de vergüenza pedalear con eso a la espalda, pero así salimos de Villafranca del Bierzo, con unas bicis tan vistosas como el camión de la basura. Los primeros kilómetros fueron suaves, con la única incomodidad de hacerlos por una carretera muy transitada. Luego llegó la tranquilidad de una vía comarcal, pero coincidió con el momento en que iniciamos un larguísimo ascenso al puerto de Cebreiro, el primer pueblo que nos esperaba en tierras gallegas.

Eran muchos kilómetros de subida y estas cosas conviene tomarlas con paciencia; cada uno a su ritmo, sin forzar, parando cuando se necesite un respiro. A ratos íbamos los tres juntos, otras veces, cada uno por su lado, y en algunos trozos coincidíamos dos en pareja y alguien suelto. A la altura del pueblo de Herrerías, Belén se despegó un poco y yo acoplé mi pedaleo al de Raquel para avanzar emparejados. Quería ensayar algunas tácticas de aproximación; ponerme a prueba, ver hasta dónde era capaz de llegar con mis insinuaciones.

–Cada día te veo mejor –dije, con una frase todavía demasiado ambigua para lo que pretendía.

–¿Lo dices por la pierna? –dijo Raquel, mientras resoplaba cuesta arriba.

–No. En general. Te veo fuerte, te veo resistente, te veo con mucho carácter...

–No exageres.

–También te veo muy guapa.

–Sí, claro. A las chicas nos favorece mucho pasar dos semanas en bici, siempre con la misma ropa, sin ir a la peluquería, sin depilarnos, sin pintalabios ni sombra de ojos ni nada de nada.

–Es que tú tienes algo especial.

–¡No me mates, Francho! ¡No me dices nada en todo el curso y te pones a ligar conmigo en un puerto de primera! ¡Anda, da pedales y calla que se nos va a ir la fuerza por la boca!

En ese preciso instante empezó a lloviznar. ¡Como si no tuviese bastante con el jarro de agua fría que me echó Raquel! Sentí unas gotas frescas en la cara, o quizá fue que se me heló el sudor, como la sonrisa, por aquella respuesta de Raquel. Un tremendo golpe bajo para mis estrategias. Estuve a punto de coger la bolsa de Supermercados Compre Fácil para cubrirme con ella. La situación era de esas en que te mueres de vergüenza y le pides a la tierra que te trague. Menos mal que Raquel no se ensañó conmigo.

Ya no hice más comentarios durante la subida. Me concentré en superar aquellas rampas y recuperarme del golpe moral que acababa de recibir. Sólo faltaba que yo también tuviese que abandonar para acudir urgentemente a un psicólogo.

Nos acordamos mucho de David durante la ascensión. Dimos por hecho que él habría llegado arriba el primero. También nos acordamos de Loreto, pero porque ella seguramente no habría pasado de la primera rampa. Incluso algunas veces nos acordamos del primero que se había inventado una ruta a Santiago por aquellos montes en lugar de hacerlo por alguna planicie, aunque eso es prácticamente imposible al entrar en Galicia.

Cuando por fin llegamos al cartel que separaba las provincias de León y Lugo, alzamos los brazos como si aquello puntuara para el premio de la montaña. Había sido nuestra ascensión más larga y, si no mentían nuestras guías, no volveríamos a encontrar una igual.

El agua seguía cayendo lentamente de las nubes, en una cantidad que aún no molestaba. Paramos en O Cebreiro para celebrar nuestros primeros pasos gallegos, echar un bocado y reflexionar si convenía seguir adelante o esperar un poco hasta ver cómo evolucionaban las nubes. Al final decidimos que siempre había tiempo para detenerse y que lo mejor era continuar mientras el cuerpo aguantase.

La sorpresa que menos nos gustó fue el descubrimiento de que la ascensión no había finalizado. Después del Cebreiro venía un terreno irregular y otro pequeño puerto en cuya referencia no nos habíamos fijado, el alto del Poio.

A Belén y Raquel les pilló muy desprevenidas esta nueva dificultad. Se les atragantó ese obstáculo inesperado y aflojaron algo el pedaleo. Poco a poco las fui dejando atrás. No fue algo deliberado. O tal vez sí. Yo conservaba más energías, iba más fuerte, y me hubiese aburrido con el ritmo cansino que adoptaron ellas, pero también es cierto que no había una caja de tiritas lo bastante grande para el corte que me había dado Raquel. Algo en mi interior me empujaba a poner tierra por medio para no exponerme a otro parecido. Digamos que era una escapada psicológica en la que el subconsciente empujaba más que los propios músculos.

La subida al puerto del Poio coincidió con un tiempo más revuelto. La llovizna se transformó en algo peor. Primero fueron unas gotas más gordas, que me convencieron para ponerme la capucha por debajo del casco; después se levantó el viento y aprecié un notable descenso de la temperatura. La etapa amenazaba con convertirse en épica, como el Mortirolo, el Angliru o el Alpe d'Huez, no por el desnivel, sino por el tiempo infernal que a veces se desata en esos puertos –incluso en verano– y convierte a los ciclistas en héroes o en guiñapos. En mi caso sólo había opciones para lo segundo.

Decidí que no pararía hasta llegar arriba. Aún podía aguantar la lluvia –aunque se incrementaba por instantes– y las piernas permanecían calientes por el esfuerzo. Pero en la cumbre del Poio las cosas estaban peor y no había ningún sitio donde refugiarse. Entre mojarme bajo un árbol y hacerlo mientras avanzaba un poco más, opté por esto último. No sé qué extraña idea me hizo pensar que empaparse en movimiento es más saludable que hacerlo parado.

En un minuto comprendí cuál sería mi principal problema: el descenso apenas me permitía pedalear –todo lo contrario, había que abusar del freno por el fuerte desnivel de la bajada– y mis piernas se helaban al permanecer quietas mientras el viento y la lluvia golpeaban con fuerza. Luego también aprecié el frío en las manos y en la cara, y por contagio en todo el cuerpo. Ya no me sentía entrando en Galicia, sino en Groenlandia. No me hubiese sorprendido encontrarme con una familia de esquimales al salir de una curva.

No veía un maldito lugar donde refugiarme; en realidad tenía bastante con ver por dónde continuaba la carretera para no salirme en ninguno de sus numerosos quiebros. En esas condiciones recorrí unos cuantos kilómetros, sintiéndome cada vez más aterido. No veía ningún refugio, como no fuese algún hórreo perdido por el campo.

No sé el tiempo que anduve así. Tal vez fue poco, pero se me hizo eterno. La tortura no finalizó hasta que aparecí en un pueblo a cuya entrada había un bar. No lo pensé dos veces: dejé la bici bajo el porche y me metí dentro. Allí había tres hombres almorzando y una mujer, la dueña, que al ver mi aspecto se llevó las manos a la cabeza y me urgió a pasar.

–*¡Pobriño! ¡Pasa, pasa, meu fillo! ¡Te pillou todo o temporal na estrada!*

Aquello fue como encontrar una isla en medio de un naufragio. La señora se portó conmigo como una madre. Me dejó pasar al almacén para cambiarme de ropa, preparó un caldo calentito y encendió una estufa para caldear el ambiente y que pudiera secar junto a ella las prendas que traía mojadas.

Mientras tanto, yo no dejaba de pensar en mis amigas. Me preguntaba si lo estarían pasando tan mal como yo. El día estaba como para caerse, para enfermar de pulmonía o incluso sufrir ambas cosas a la vez. Tal vez en ese preciso momento se estaba fraguando otro abandono; quizá dos. Me producía vértigo imaginar que podía quedarme solo. Sería terrible. Además de la soledad y el aburrimiento, no tendría nuevas oportunidades para acechar a Raquel (y recibir otro de sus deliciosos cortes), y quizá Belén me rogaría que recogiera el testigo y prosiguiera la búsqueda de Juan Peregrino. No me gustaría tener que hacerle ese favor. Cada vez estaba más convencido de que ese individuo era un baboso.

Pasé un rato de incertidumbre, todo el tiempo mirando por la ventana para ver si aparecían. Después de muchos litros por metro cuadrado, por fin escampó. El viento se llevó las nubes camino de León y el cielo dejó ver algunos retazos de color azul. Agradecí a la dueña del bar lo bien que se había portado conmigo, le pagué el caldo y otras cosas que piqué, y salí fuera para esperar a pie de carretera, con la vista fija en dirección al puerto.

Los minutos pasaban con pies de plomo; lentos como un desfile de caracoles. A veces me preguntaba si convenía que retrocediese en su búsqueda, pero veía la cuesta que tenía que subir en caso de dar la vuelta y prefería apurar hasta el límite esa decisión.

Cuando ya había perdido todas las esperanzas, observé dos puntos de color que bajaban por la carretera; dos motas en el paisaje que enseguida se convirtieron en dos ciclistas. ¡Eran ellas!

Sentí un alivio especial, como si me quitara de encima la culpa de haberlas dejado atrás. Pronto estuvieron a mi altura y pude ver que venían secas y enteras, con mucho mejor aspecto que el mío cuando llegué al bar.

–¡Ya era hora! –exclamé–. ¡¿Dónde os habéis metido?!

–Eso tendríamos que preguntarlo nosotras –dijo Belén–. Tú eres el que se ha separado del grupo.

–No encontré un buen sitio para guarecerme y me tragué toda la lluvia.

–Por impaciente –dijo Raquel–. Nosotras, en cuanto empezó a caer con fuerza, nos metimos en el porche de una granja y ahí hemos aguantado el chaparrón.

Me contaron que no se movieron de allí hasta que cesó la lluvia. Pensaban que yo habría hecho lo mismo y que estaría aguardándolas unos centenares de metros más adelante, también a cubierto. Por eso se extrañaron mucho cuando reanudaron la marcha y pasaban los kilómetros sin encontrarse conmigo. Por sus cabezas circularon toda clase de pensamientos raros, desde considerar que había buscado refugio en algún desvío hasta temer que me hubiera estrellado en una curva y estuviese malherido entre la maleza, en un punto invisible desde la carretera.

–Ya me veía llamando a Protección Civil para que rastreasen todas las cunetas –confesó Belén.

–Y yo me imaginaba contándole a los periodistas lo buen chico que eras antes de tu desaparición –dijo Raquel–, y nuestras sospechas de que hubieses sido captado por una secta.

–Sí, la secta de los ciclistas cabezotas, la misma de tu amigo David –remachó Belén.

Las encontré de buen humor; muy mejoradas tras el chaparrón. Lo único que me extrañó fue el olor. No es que habitualmente fuera husmeándolas, pero estaba claro que el aroma que desprendían no era normal en ellas. Demasiado penetrante. Excesivamente campestre. Era un olor recio y poderoso, un inconfundible olor a ganadería. No me atreví a decírselo abiertamente, tan sólo a hacer una pequeña pregunta para salir de dudas.

–Por cierto, ¿de qué era la granja donde os refugiasteis?

–¡¡De cerdos!! –dijeron ambas al unísono.

Por fin reconocieron que sólo la intensidad de la lluvia les convenció para aguantar la peste que sufrieron durante todo ese rato. Si yo había padecido escalofríos, ellas, arcadas. Lo mejor que podíamos hacer todos era seguir nuestro itinerario, tal y como habíamos previsto, hasta el monasterio de Samos –sólo eran unos pocos kilómetros más; todos de bajada– y allí darnos una ducha de agua caliente que pareciese una inundación; una ducha que a mí me devolviera el calor y a ellas su fragancia natural. Así que nos pusimos otra vez en marcha, contentos por haber superado un mal trago sin lesiones y sin nuevas bajas. Lo único que podíamos temer en los minutos siguientes era que saliesen en tropel todos los jabalíes del monte, persiguiéndonos, locos de amor al olfatear el perfume que despedían Belén y Raquel. Tal y como iban, no habría piara que se les resistiera.

- Raquel le rechaza a Francho
- lluvia & ascenso fuerte

↳ Francho adelanta las chicas
- ellas se refugian en granja de cerdos
- él en un bar mucho más lejos

→ se encuentran cuando termina la lluvia

13

Samos se convirtió en el objetivo de la mayoría de quienes habíamos sido sorprendidos por el temporal al entrar en Galicia. Algo tendría que ver la belleza del lugar, pero también el hecho de que las guías remarcasen que poseía un gran número de camas y agua caliente en sus duchas, los dos mayores atractivos para cualquier peregrino remojado, exhausto y en algún caso maloliente.

En aquel lugar nos concentramos muchos, aunque no tantos como para que alguien tuviera que dormir en el suelo. El único inconveniente era que debíamos pedir número para ducharnos y que tener a varios haciendo cola obligaba a darse prisa, sin disfrutar del largo chapuzón que pedía el cuerpo.

Por allí vimos muchas caras conocidas; rostros de otros ciclistas con los que habíamos coincidido en diferentes puntos de la ruta. No todo el mundo lleva el mismo ritmo, pero entre paradas y estirones, el día que haces corto por el que haces largo, acabas familiarizándote con personas a las que viste antes en iglesias de Logroño, bares de Burgos o refugios de León.

En el ambiente se respiraba la proximidad de la meta. Si suponía un acontecimiento para quienes veníamos de Roncesvalles, aún lo era más para quienes habían salido de puntos más lejanos como Somport, Le Puy (en el centro de Francia) o desde la misma puerta de sus casas en lugares tan distantes como La Haya (un matrimonio de holandeses que, en lugar de llevar alforjas en sus bicicletas, arrastraban una especie de carritos, como minúsculas caravanas especiales para ciclistas) o Zurich. También estaba presente en Samos el inquietante Juan Peregrino. Quiero decir su estela, el rastro de recados que dejaba por todos los refugios.

Cada vez me parecía más sorprendente hallarlo en tantos sitios. Incluso, antes de que a Belén le prohibiéramos investigar en cada pueblo, lo habíamos detectado firmando en sitios donde sólo nos detuvimos un rato. ¿Acaso su peregrinaje consistía en parar en todos los albergues para dejar un mensaje? En tal caso, ¿por qué no lo hizo en el tramo que le perdimos la pista, entre Palencia y León? ¿Tal vez lo suyo podía tratarse de un juego de rol, una apuesta o un delirio?

En Samos sus palabras dejaban entender que permanecería unos días en Santiago, como abriendo la puerta a posibles citas con quien, como Belén, siguiera sus huellas. De no ser porque me extrañaba que alguien utilizase un recorrido tan esforzado para buscar pareja, habría dicho que aquel tipo era un *playboy*, un ligón de playa, un vacilón de discoteca, pero en místico.

–Desengáñate –le comenté a Belén–; me parece

que tu amigo invisible quiere lo mismo que todos los hombres.

–¿A qué te refieres?

–Digo que busca un lío, una aventura con una chica; en fino y muy espiritual, pero un rollo como otro cualquiera.

–¿Y no crees que sería más fácil intentarlo con las mujeres que encuentra por el camino?

–Sí, sí... claro –titubeé, porque no esperaba ese argumento tan razonable–. Será que no tiene facilidad de palabra.

–No sigas, Francho, porque luego dirás que es mudo, esquizofrénico, autista o algo más grave.

No pensaba poner las cosas tan dramáticas, pero acepté la sugerencia de Belén y no seguí con el asunto. En el fondo sólo eran reflejos de mi instinto protector, un instinto que también me salió con Raquel cuando la vi en compañía de dos holandeses con los que ya habíamos coincidido en Villafranca. Se llamaban Dirk y Klaus. Este último era de los que hacen a las chicas volver la mirada y cuchichear; uno de esos tipos guapos que normalmente sólo existen en las pasarelas de moda y los anuncios de televisión. Debería estar prohibido que alguien así se mezcle con los mortales. Nos ponen las cosas más difíciles de lo que ya están.

Raquel los invitó a compartir la cena con nosotros y lo pasamos bien contándonos anécdotas del viaje en una mezcla de inglés, castellano –ellos sabían un poco, al igual que de alemán y francés– y lenguaje de signos, que siempre es muy práctico para llegar allí donde no lo hacen las palabras.

Por la mañana también desayunamos juntos, y pareció agradarles tanto nuestra compañía que decidieron salir al mismo tiempo que nosotros. No se me ocurrió ningún inconveniente para disuadirles. Eran buenos tipos; divertidos, amables, educados. Como no inventase que eran neonazis, que tenían piojos y contagiaban la gripe, no veía ninguna excusa convincente para mantenerlos alejados de nosotros. No tenía más remedio que admitir al enemigo en nuestras filas.

Partimos juntos del monasterio. Yo me pegué a Klaus en los primeros kilómetros, quizá porque recordaba una famosa frase: «Si no puedes con el enemigo, únete a él».

–¿Qué es lo que más te ha gustado del Camino? –le pregunté mientras pedaleábamos suavemente.

–Las catedrales, el paisaje, la gente... todo –contestó en su castellano limitado, pero eficaz.

Por lo menos no dijo las chicas, a no ser que las incluyese en el todo final. Hablé un rato con él del viaje, de fútbol, de muchas cosas, y saqué la conclusión de que era un buen tipo. Quizá por eso relajé mi vigilancia, anduve arriba y abajo, charlando con Belén y con Dirk, y cuando me quise dar cuenta era Raquel quien avanzaba junto a Klaus. Eso rebajó mucho mis simpatías por él.

No tuve un ataque de celos, sino de envidia. Estaba claro que Raquel no le daría al holandés el tajo que me proporcionó a mí cuando quise insinuarme. Y aunque estaba por ver que Klaus hiciera el más mínimo intento por lanzar la red sobre mi compañera, a mí se me disparó la imaginación buscando métodos para neutralizarle. Un pinchazo no era suficiente; necesitaba al menos la rotura de un radio; mejor aún si se rompía la horquilla delantera o la tija del manillar; aunque lo más contundente sería detenerme en una ermita, robar un crucifijo, meterlo entre su equipaje y denunciarlo en el primer puesto de policía que encontrásemos.

Yo mismo estaba asustado de mi capacidad criminal. Menos mal que llegó un terreno sinuoso, nos disgregamos todos y al no ver a Raquel pegada a aquel *top model* se calmaron mucho mis instintos animales. Tal vez mi próxima peregrinación no debería ser a un santuario, sino a una consulta psiquiátrica.

Los holandeses resultaron ser dos consumados ciclistas –a la altura de David– que nos descolgaban en las rampas más fuertes. Sólo lo voluminoso de su equipaje (llevaban incluso una minúscula tienda de campaña) les impedía avanzar más deprisa.

El terreno que nos tocó recorrer junto a ellos era especialmente duro, no porque hubiese largas subidas, sino porque era un sube y baja continuo, eso que los comentaristas llaman «rompepiernas». En uno de los ascensos nos encontramos con el matrimonio de La Haya. Habían dejado Samos un rato antes que nosotros, pero al marido se le había roto la cadena y tenían problemas para seguir. Nos detuvimos por si podíamos echarles una mano y fue Klaus precisamente quien resolvió la avería. Sacó de su equipaje una pequeña bolsa de herramientas, con un tronchacadenas, un martillito, un destornillador, una llave inglesa y cuatro cosas más, y en unos minutos cortó la pieza estropeada y la empalmó de nuevo sin apenas mancharse las manos de grasa. ¡Como para intentar sabotearlo!

Luego reanudamos la marcha, con el matrimonio unido a nuestro pequeño pelotón, y aproveché que los holandeses hicieron pandilla para pegarme a Raquel y charlar un rato. Un instinto masoquista me empujaba a indagar en sus pensamientos sobre nuestros nuevos compañeros de viaje.

–Majos chicos estos holandeses –dije, como quien habla del tiempo en un ascensor.

–Sí, muy majos –corroboró Raquel.

–Klaus es de esos que vuelven locas a las chicas

–Sí, es muy guapo.

–Pues no te quita ojo –dije para probarla.

–No seas ingenuo, Francho; al que no quita ojo es a Dirk. No te enteras de nada.

Los cortes de luz te dejan a oscuras y los cortes de digestión pueden matarte, pero los cortes de Raquel eran para mí una fatal combinación de ambos. ¡Con qué facilidad me desarmaba y quedaba a su merced como un pájaro aturdido!

No podía, ni debía, hacer más comentarios. Me tragué la sorpresa y cambié de asunto al mismo tiempo que cambiaba de piñón y me alejaba silbando como un paseante despistado.

El cielo estaba cubierto de nubes; nubes blancas de algodón que ocultaban el sol pero no amenazaban lluvia. La temperatura era ideal para pedalear y sólo un ligero viento de costado incomodaba algunos ratos. Pasamos por algún pueblo grande, pero sobre todo vimos pequeñas aldeas cuyos cementerios se asomaban a la carretera, como si las lápidas quisieran salir a contemplar el paso de los peregrinos.

Dirk y Klaus decidieron detenerse junto a uno de esos muros, al superar una larga cuesta, para descansar un poco, beber y masticar algo. Todos los que fuimos llegando nos paramos a su lado, aunque Belén lo hizo después de buscar un árbol, para tocar madera, y sin ocultar su disgusto por el lugar elegido para el descanso.

–Sólo falta que pase por aquí la *«santa compaña»* –dijo, manifestando sus temores de ultratumba.

Belén nos explicó que se trataba de una hilera de almas en pena, algo así como zombis que vagaban por los bosques asustando a los caminantes. Encontrarse con la *santa compaña* es el anuncio de una desgracia.

–Dicen que te mueres y te vas con ellos a seguir dando vueltas por el monte durante toda la eternidad –añadió Belén.

–En Asturias me hablaron de algo parecido –dijo Raquel–; lo llaman el *huercu*. Es algo así como el espectro de alguien que está a punto de morirse. Antes de que eso suceda, el *huercu* se escapa del cuerpo del moribundo y aparece por los caminos saludando a la gente. Quienes hablan con él se enteran después de que era el fantasma de una persona agonizante, y es raro el que no se vuelve loco o le da un infarto.

–Yo también me sé una de miedo –dije para no quedarme atrás–. En el pueblo de mi padre, la noche de viernes santo, todos los muertos del cementerio se suben al campanario. Si hay nubes se quedan quietos, pero si el cielo está despejado y se ve la luna llena, porque en viernes santo siempre hay luna llena, entonces se oyen aullidos en la torre y significa que quieren llevarse a alguien con ellos.

–¡Qué siniestro! –comentó Belén–. ¿Y es verdad que se escuchan los aullidos?

–Más o menos –aclaré–. Lo que ocurre es que en esa época, a finales de marzo o principios de abril, suele soplar mucho el cierzo. Cuando el viento es muy fuerte, además de arrastrar a las nubes y permitir que se vea mejor la luna, se cuela entre las rendijas del campanario y provoca esa especie de aullidos que atemorizan a cualquiera.

–¡Entonces tiene truco! –exclamó Raquel.

–Quizá, pero eso explícaselo a mi abuela, que enciende velas a todos los santos cuando ocurre algo así.

Los holandeses no se enteraban de nada. Belén se encargó de explicarles que hablábamos de fantasmas y no pareció impresionarles mucho. El propio Klaus comentó que en su tierra también había muchas leyendas de ese tipo. Le pedí que nos contara alguna de vacas fantasmales y tulipanes venenosos, pero no recordaba nada relacionado con las dos imágenes más típicas de su país. Todo lo que asociaba con historias de terror también sucedía en iglesias y cementerios. En eso sí se notaba la unidad europea: distintas lenguas y diferentes costumbres, pero el mismo temblor ante las fábulas de ultratumba.

Reanudamos la marcha con una cierta sensación de estar siendo observados por todos los espíritus que residían en aquellos bosques. Esa inquietud no nos abandonaría durante toda la jornada. En cuanto invocas a los espectros, ya no te los puedes quitar de encima.

Con ese cargamento de fantasmas, y después de atravesar un gran puente sobre el río Miño convertido en pantano, llegamos por la tarde a Portomarín, el sitio que habíamos elegido para pasar la noche. Buscamos el refugio y allí nos llevamos una desagradable sorpresa. Aunque el número de peregrinos que había llegado antes que nosotros era relativamente pequeño, sin embargo todas las camas se hallaban ocupadas. La única opción que teníamos para dormir era el duro suelo.

En otros lugares, como en Carrión de los Condes, no nos importó hacerlo, pero aquí había un detalle que nos irritó: un gran número de camas no se hallaban ocupadas por caminantes, que siempre tienen preferencia para descansar, y tampoco por otros ciclistas que hubiesen llegado antes que nosotros; resultaba que la mayoría de las literas habían sido reservadas para un grupo colegial que aún tardaría en llegar. Éstos hacían el Camino de Santiago con una furgoneta de apoyo. Mientras ellos seguían el recorrido tranquilamente en sus bicicletas, sin ningún equipaje encima, el vehículo iba por delante, cargado con mochilas y sacos de dormir. El conductor de la furgoneta se adelantaba cada día, llegaba al albergue elegido, colocaba los sacos de sus chicos sobre las colchonetas para asegurarse el sitio y después los esperaba preparándoles la merienda o la cena.

–No es justo –dijo Raquel cuando conoció la situación.

–¡Ellos son quienes deberían dormir en el suelo! –recalcó Belén, muy indignada.

–Tal vez tendríamos que negociar un acuerdo –propuse–. Si nos quitan las camas, por lo menos que nos busquen un colchón hinchable.

Los holandeses no entraron en la discusión. Simplemente buscaron otras alternativas. El matrimonio decidió dormir esa noche en algún hostal o pensión de los alrededores, mientras Dirk y Klaus, sobrados de fuerzas, optaban por seguir hasta algún otro pueblo con mejores condiciones.

–Nos veremos mañana –dijo Dirk al despedirse–, o quizá en Santiago.

Nosotros nos quedamos. No estábamos preparados

psicológicamente para tragarnos más cuestas, y lo que venía después de Portomarín era una larguísima subida.

Tras despedir a nuestros compañeros de aquel día, Raquel y yo investigamos para localizar al responsable de la excursión que nos privaba de dormir en blando, mientras Belén realizaba su habitual rastreo de las huellas de Juan Peregrino. Ella descubrió un nuevo mensaje esperanzador (*«casi puedo ver las agujas de la catedral de Santiago desde las colinas que atravesamos; tal vez nos encontremos allí donde ellas señalan»*, decía esta vez, entre otras cosas), pero nosotros tuvimos menos fortuna. Aunque también dimos con la persona que buscábamos, no era alguien que se distinguiese por la espiritualidad y la poesía.

–Yo soy un *mandao* –nos dijo el hombre que conducía la furgoneta cuando le expresamos nuestro malestar por habernos dejado sin colchón.

–Pero ustedes deberían respetar la prioridad de quienes venimos cargados y llegamos antes –protestó Raquel.

–Yo no sé nada –insistió aquel sujeto–. Eso se lo contáis a los que han organizado la excursión.

No hubo forma de dialogar con él. El colegio lo había contratado para hacer un trabajo y no le pagaban para que se compadeciera de quienes no formábamos parte de su pandilla. Él no hacía el Camino para ganarse el cielo, sino para llegar a fin de mes.

En esas condiciones, sólo nos quedaba resignarnos a pasar unas horas de descanso sobre las baldosas. Aunque dicen que eso es muy bueno para la espalda, nos dio por pensar en algunos métodos para amargar la noche a quienes nos habían quitado la cama. Hablamos de salir en busca de arañas y culebras para introducirlas en sus sacos de dormir, de rociar sus colchones con estiércol y extender un manto de ortigas por donde tuvieran que pisar descalzos, pero al final nos conformamos con inventar un conjuro para pedir a los espíritus que nuestros rivales soñaran esa noche con la *santa compaña* y otros muertos vivientes; que tuvieran tantas pesadillas como para levantarse con temblores y agujetas. Tal vez éramos un poco rencorosos, pero lo hacíamos sin mala fe. Sólo por matar el rato.

- andan con Dirk & Klaus (NL)
  ↳ Klaus habla con Raquel, Francho envidia
- más historias de fantasmas
- otro rechazo de Raquel
- refugio reservado por grupo de campamento
  ↳ dormir en el suelo

14

De repente descubrí que me habían robado la bicicleta. ¡A un día de Santiago y me quedaba sin vehículo! ¡Habían sido ellos, seguro, los mismos que me condenaron a dormir en el suelo! Sentí pánico; sentí escalofríos al ver que no estaba en el lugar donde la había dejado atada. En el sitio que antes ocupaba mi bici, ahora había una pierna ortopédica. Corrí por las calles de Portomarín preguntando por ella. Me crucé con personas que había visto en diferentes puntos de nuestra ruta, pero nadie me daba explicaciones. Todo eran evasivas. Y los excursionistas de la furgoneta, los que pretendían ganarse el cielo sin esfuerzo, los mismos que nos habían arrebatado las literas, aquellos idiotas, se reían. Oía las carcajadas de todos. Reían los alumnos y los profesores, y también reía el conductor de la furgoneta mientras enseñaba unos dientes completamente podridos y repetía sin cesar: *«soy un mandao, soy un mandao, soy un mandao»*. Me enfrenté a ellos y los insulté, pero seguían riendo. Todos tenían los dientes picados. Reían y me amenazaban. Algunos empezaron a tirarme tapas de ataúdes, conchas de peregrino... ¡y piernas ortopédicas! Eso me pareció demasiado y, tal vez por ello, me desperté.

Amanecí empapado en sudor y con una fuerte ansiedad; un ataque de angustia fruto de ese sueño que aniquilaba mis aspiraciones de concluir el Camino de Santiago; ese sueño que me mandaba de vuelta con David, Juanma y los demás; ese sueño en que sufría una doble humillación por parte de unos compañeros de refugio con los que no había simpatizado. A ellos les había deseado las peores pesadillas, pero los deseos se volvieron contra mí.

La verdad es que acumulé motivos para aborrecer aquella excursión de señoritos que acudían al Camino como quien va de safari. Sólo les faltaba el rifle y el salacot. En todo lo demás iban perfectamente equipados: las mejores bicicletas, los culotes más mullidos, los maillots más relucientes; gafas, guantes y cascos de diseño; todo de estreno.

–Cualquiera diría que los envidias –señaló Raquel cuando comenté esos detalles.

–En absoluto. A mí no me gusta que me pongan las cosas tan fáciles.

Aún no había acabado la frase y ya me estaba arrepintiendo. Comprendí que no debía decirle eso a Raquel porque se prestaba a otra lectura muy personal. Pero no se le puede pedir que reflexione y mida sus palabras a alguien que ha dormido poco, mal y entre pesadillas.

La noche en Portomarín fue tal vez la más incómoda desde que salimos de Roncesvalles. La pasé dando vueltas, sin encontrar una postura de mi gusto. Unas veces me dolía la cadera, otras, el cuello. Tenía sueños raros y me despertaba frecuentemente. En esta ocasión, madrugar fue un enorme alivio para mí. Deseaba salir de allí cuanto antes. En cierto modo me pasaba como al peregrino misterioso que perseguía Belén: intuía la proximidad de Santiago y sufría la inquietud por llegar al objetivo previsto, los nervios de verme tan cerca de la meta.

Las chicas no iban tan aceleradas como yo, pero se plegaron a mis prisas y fuimos de los primeros en abandonar el refugio. Antes indagué en los planes de los vecinos y me aseguré de que esa noche no volviéramos a coincidir con los del colegio. Si me privaban otra vez de un colchón, tendrían que atarme con una maroma para evitar que protagonizara un incidente.

–Deberías tranquilizarte –me recomendó Belén cuando partíamos.

–¿Tranquilizarme? ¿Tú crees que Juan Sebastián Elcano estaría tranquilo cuando finalizaba la vuelta al mundo? ¿Acaso te imaginas a Neil Armstrong relajado y tranquilo un día antes de poner el pie en la Luna?

–Tú tienes fiebre, Francho. Hay que estar muy enfermo para compararse con esa gente.

–No importa la distancia, lo que importa es el sentimiento. Para mí llegar a Santiago también es una gran hazaña, aunque no vaya a salir en los periódicos por ello.

–No pierdas las esperanzas. Si volvemos a cruzarnos con los del colegio, acabarás saliendo en la prensa... ¡en las páginas de sucesos!

Aunque Belén no acabara de entenderlo, mis sensaciones al aproximarse el final del viaje eran las de quien está realizando algo trascendental en su vida.

Sabía que no era Amundsen atravesando la Antártida ni Colón llegando a las costas de América, pero casi ochocientos kilómetros en bicicleta suponían una digna alternativa, ajustada a mi edad y mis posibilidades de financiación.

A la emoción de verme cerca de Santiago se unió también una pequeña incertidumbre. Me di cuenta de que estaba a punto de finalizar el viaje y me quedaban muy pocas oportunidades para aclarar si entre Raquel y yo cabía algo más que una buena amistad. Como empezaba a acostumbrarme a ser un poco kamikaze, decidí pegarme otra vez a ella para que me ayudase a encontrar la solución. Lo hice en una de las numerosas cuestas que jalonaban la etapa. Escogí una prolongada, pero de poco desnivel, de esas que permiten ir despacio, al tran tran, sin ahogarse. Así podríamos hablar.

–Llevo toda la mañana pensando en ti –dije en cuanto la tuve al lado.

Lo solté a bocajarro, sin preámbulos ni rodeos, porque si me entretenía en hablar del tiempo, de los árboles y los pajaritos, perdería el furor de ese instante, me apagaría y sería incapaz de plantear las cosas abiertamente.

Raquel no se inmutó por mi confesión. No aflojó el pedaleo ni dejó de mirar a la carretera. Apenas sonrió un poco antes de responderme.

–Espero que no sea para vengarte de algo.

–Todo lo contrario. Hacia ti sólo tengo buenos pensamientos.

–Pues buscas unos sitios muy raros para expresarlos.

–Es que son los únicos momentos de intimidad que tenemos.

En ese preciso instante nos adelantó una furgoneta, como si quisiera recordarnos que las carreteras no son precisamente espacios íntimos. El petardeo del tubo de escape se tragó lo que mis palabras pudieran tener de romántico. Tal vez por eso Raquel no bajó de la bici para detener también la mía y echarse apasionadamente en mis brazos. Su respuesta fue un poco más fría. Tal vez demasiado técnica.

–Vamos a ver, Francho, ¿tú sabes lo que es una moratoria?

La pregunta me dejó muy descolocado.

–¿Tiene algo que ver con las centrales nucleares? –dije, haciendo un poco de memoria.

–Sí, y con la pesca de las ballenas –comentó Raquel–, pero yo voy a proponerte una moratoria entre nosotros. Que esperes un poco, que dejes pasar estos días y que no vuelvas a insinuarte hasta que hayamos vuelto a casa y tengas las cosas más claras.

–¿Y eso por qué?

–Ni tú ni yo somos los mismos aquí que en circunstancias normales.

–Pues yo te veo mejor que nunca.

–Pero esto se acaba mañana y tal vez me veas de otra manera cuando volvamos a la normalidad.

–No hay que ser tan calculador con las cosas del corazón.

–No digas tonterías, Francho. Antes de hablar del corazón hay que saber lo que se tiene en la cabeza. Mañana, cuando lleguemos a la catedral, aprovecha que se pueden pedir tres deseos y ruégale al santo que te aclare las ideas. Te noto un poquito espeso.

Así es la vida. Yo diciéndole piropos y ella dudando de mi riego cerebral. Debía de ser el único tipo del mundo que al hacer una proposición a una chica no recibía un sí ni un no, sino ¡una moratoria! Como si fuese una tregua, un pago aplazado, un convenio internacional. Sólo le faltó decírmelo por escrito, en papel oficial, con diez sellos, quince pólizas, la firma y el número del carné de identidad. No había sido tan dura como cuando me cortó en el ascenso al Cebreiro, pero ahora resultaba más desconcertante.

Acepté sus opiniones, pero no me comprometí a nada. Lo máximo que consiguió fue un pequeño respiro, que cambiásemos de conversación y no hiciéramos otros comentarios que los inspirados por el propio viaje: «mira qué árbol tan grande», «cuidado que viene un camión», «pues parece que no se van las nubes», «esta cuesta me va a matar», en fin, todas esas cosas que se dicen sin ninguna pasión especial. Sólo alteramos el tono cuando vimos levantarse una gran columna de humo que desató nuestra inquietud.

–¿Qué es eso? –dijo Raquel.

–No creo que sea el botafumeiro –comenté–. Tiene todo el aspecto de tratarse de un incendio.

Efectivamente: todavía estábamos muy lejos de Santiago y no olía a incienso, sino a madera quemada. Sólo tuvimos que ascender un poco más para ver las llamas que prendían en la ladera de una colina cercana.

Algunos coches se habían detenido en la cuneta para presenciar el desastre. Nosotros paramos a su lado, donde ya estaba Belén, que nos sacaba unos metros de ventaja.

–¿Qué hacemos? –preguntó nuestra compañera–. ¿Ayudamos a apagarlo?

–¿Cómo? ¿Soplando?

A Belén no le gustó mi reacción, pero no había otra posible viendo la magnitud de las llamas y sin disponer de nada que nos permitiera combatirlas.

Nada, salvo buena voluntad. Porque nos dolía ver que aquello estaba arrasando un buen pedazo de monte y que tenía toda la apariencia de no ser un desastre natural. No era un día caluroso, el sol apenas asomaba a rachas entre las nubes y no se daba ninguna de las condiciones que propician un incendio fortuito. Algunos de los automovilistas, parados junto a nosotros, comentaban que se trataba de un siniestro provocado.

–Ya empezamos otra vez con los pirómanos –dijo una mujer–. Nos vamos a quedar sin bosques por cuatro locos.

–¡Nada de locos! –replicó un hombre a su lado–. Algún espabilado que piensa sacar beneficio del fuego.

Decidimos marcharnos. Allí no teníamos nada que hacer, sólo deprimirnos observando cómo crecían las llamas mientras llegaban los primeros retenes de los servicios contraincendios. Cuando nos alejábamos, dejando atrás la columna de humo y el crepitar de los árboles que se achicharraban, vimos llegar el primer avión y paramos un minuto para ver cómo descargaba sus cisternas de agua.

–Siempre me ha parecido que eso es como querer apagar una hoguera escupiendo –dijo Raquel, que no confiaba en la eficacia de los hidroaviones.

Belén y yo preferimos creer que no era así, que aquellas toneladas de agua ayudarían a evitar que la catástrofe alcanzara unas proporciones trágicas.

Aunque en los siguientes kilómetros perdimos de vista el incendio –quedó a nuestra espalda, como el humo que empujado por una suave brisa se alejaba en dirección contraria–, no pudimos olvidarlo del todo porque cada poco escuchábamos los motores de los aviones y helicópteros que participaban en las tareas de extinción.

Con ese ruido de fondo atravesamos pueblos y aldeas, saludando a muchos peregrinos. Se notaba la proximidad de Santiago en el gran incremento de caminantes y ciclistas que encontrábamos al pie de un crucero, junto a una fuente o sentados en un ribazo. Nosotros también nos detuvimos varias veces, para comer algo o simplemente para no agotarnos. No teníamos prisa. Nos bastaba con llegar a Melide antes de que se ocultara el sol, y en eso no tuvimos ningún problema.

En aquel refugio confirmamos lo que habíamos visto durante el día. El número de peregrinos era muy grande, sobre todo ciclistas que pasábamos allí nuestra última noche antes de llegar a Santiago, pero también otros que tardarían un poco más, como muchos caminantes e incluso un pequeño grupo que venía a caballo desde León. Allí también nos reencontramos con los holandeses, Dirk, Klaus y el matrimonio de La Haya.

Se creó un ambiente especial. Todo el mundo intercambiaba experiencias. Nos preguntábamos por nuestros lugares de origen y por el sitio donde habíamos iniciado el Camino. Hablábamos de nuestras hazañas y también de las penurias vividas durante algunas jornadas. Enumerábamos los paisajes que más nos habían impactado, los mejores refugios, las iglesias más bonitas. Sólo Belén estuvo un poco más reservada, tal vez porque le superaba la emoción tras descubrir, perdido en las páginas del cuaderno de firmas, otro mensaje de aquel a quien perseguía durante dos semanas. Y éste destacaba sobre los anteriores porque abría la puerta a un encuentro.

Sin que ella lo supiera, para que no se sintiera espiada, yo también indagué en el cuaderno y leí lo que escribía Juan Peregrino: *«Si has sentido lo mismo que yo durante este impresionante trayecto, tal vez deberíamos conocernos y compartir la emoción de este viaje que nos lleva más allá de los espacios físicos. Estaré en Santiago algunos días, disfrutando de cada una de sus piedras y de la magia que sin duda tendrá un lugar que nos atrae a tantos. Pasaré cada noche, a eso de las diez, por la plaza de José Carril. Llevaré una flor en la mano; quizá podamos reconocernos si tú portas otra en las tuyas»*. Me pareció un repelente. Ya estaba plenamente convencido de que era un peregrino *playboy*. Un especimen extraño, pero en todas partes te encuentras tipos con la cara muy dura. Preferí no decirle nada a Belén, pero me propuse no perder de vista ninguno de sus movimientos. Me sentía en la obligación de protegerla.

Un rato después olvidé todos mis recelos y preocupaciones porque el ambientazo que había en el refugio se plasmó en una improvisada fiesta. La organizaron unos gallegos para celebrar su vuelta a casa. Eran de Arteixo, habían viajado en tren con sus bicicletas hasta Jaca, para comenzar el Camino, y ahora que completaban el viaje de vuelta lo querían festejar por todo lo alto. Así que compraron aguardiente y una gran cazuela de barro, y nos obsequiaron a todos con una queimada.

Fue después de cenar y antes de que nos acostáramos. No todo el mundo quiso participar. Algunos prefirieron retirarse a dormir, pero unos cuantos, más de veinte, rodeamos a los de Arteixo dispuestos a unirnos a su fiesta.

–Esto es una cosa muy seria –avisó el que llevaba la voz cantante–. Hay que estar muy concentrados. Si nos sale mal el *conxuro*, se enfadarán todas las *meigas* de los alrededores.

Después de la advertencia, echándole mucho teatro, comenzó a preparar la queimada. Echó el orujo en la cazuela y le añadió azúcar, corteza de limón y unos granos de café. Luego sacó un mechero y lo acercó a la superficie de aquella mezcla; al hacerlo, una fina cortina de fuego se levantó sobre el recipiente de barro y él empezó a recitar su conjuro:

–Mouchos, coruxas, sapos e bruxas. Demos, trasnos e diaños, espritos das nevoadas veigas. Corvos, píntegas e meigas, feitizos das menciñeiras...

Habíamos apagado las luces y sólo nos alumbraba la llama de la queimada. El gallego recogía aguardiente y fuego con un cucharón y lo dejaba caer desde lo alto sin interrumpir aquella extraña letanía.

–... con este fol levantarei as chamas deste lume que asemella ao do inferno, fuxirán as bruxas a cabalo das súas basoiras...

Algunos nos reíamos, otros, como los holandeses, ponían cara de no entender nada, y también había quien escuchaba el conjuro con el mismo respeto que si estuviera en misa.

–... e cando este brevaxe baixe polas nosas gorxas, quedaremos libres dos males da nosa ialma e de toda maliaxe...

El oficiante de aquella ceremonia, medio religiosa medio gastronómica, esperó a que el fuego decreciera antes de ponerle encima una tapa y apagarlo. Entonces tomó unas pequeñas vasijas de barro (en realidad eran envases de cuajada que habían quedado en el refugio para hacer la función de vasos) y nos sirvió un poco de queimada a todos los presentes. Hubo alguno que se llevó un quemazo en la lengua por tener demasiada prisa en catar aquel bebedizo. Otros, aun esperando a que se enfriara, sentimos que nos abrasaba la garganta. Aquello sabía realmente fuerte, mucho más de lo que estábamos acostumbrados los que sólo tomábamos cervezas o algún cubata. Hubo quien se limitó a mojarse los labios y otros que repitieron más de un cacito, pero todos alabamos lo bien hecha que estaba la queimada, no sólo por el sabor sino también por la puesta en escena. Y brindamos con aquel aguardiente peleón por todo lo que se puso a tiro. Unos levantaban el vaso en honor del apóstol, otros para acordarse de su pueblo, alguno para agradecer el haber podido llegar hasta allí, y yo lo hice para recordar a los amigos que se vieron obligados a abandonar, porque quería tenerlos presentes en aquella noche de vísperas, noche llena de magia y diversión que me hubiera gustado compartir con ellos.

Todo parecía perfecto, hasta que uno de los peregrinos que habían preferido acostarse, un alemán de dos metros de altura y las espaldas como un armario, apareció en calzoncillos delante de los que brindábamos y reíamos, y nos echó una bronca que atronó como un huracán. Lo hizo en su idioma, pero no necesitamos traductor para entender que no le dejábamos descansar y que, como no nos calláramos inmediatamente, era capaz de tirarnos a todos por la ventana. Alguien propuso ofrecerle un traguito de queimada para ver si se calmaba, pero la mayoría preferimos guardar silencio y retirarnos discretamente a dormir. En parte por respeto, pero también porque llevarle la contraria podía ser bastante más doloroso que la peor de las resacas.

- sueño de bici robada
- Raquel duda que sería lo mismo entre ellos después
- incendio
- mensaje raro, definitivo de Juan Peregrino
- ceremonia gallega & fiesta en refugio

15

El último día es raro. Tienes ganas de llegar, pero no de que se acabe el viaje. Te alegra ver cerca la meta, pero lamentas que se aproxime el final. Es una satisfacción cumplir con tus objetivos y una tristeza pensar que al lograrlos concluyen unos días muy especiales.

–Estoy hecho un lío –le confesé a Raquel durante el desayuno–. Como si estuviera muy contento y a la vez un poco triste.

–Pues imagínate si además tuvieras resaca, como algunos que anoche se pasaron con la queimada.

–Yo tengo otra clase de resaca; la de pasar tantos días sin obligaciones y ligero de equipaje. Es como si me hubiera emborrachado de libertad.

–Tú has visto muchas películas, Francho, y eso que llevamos dos semanas sin ir al cine.

–¡Te hablo en serio! ¿Es que a ti no te da pena que se acabe el Camino?

–Sí, pero tampoco es para echarse a llorar.

Siempre va a seguir en el mismo sitio, o sea que podemos volver cuando queramos.

Y luego dicen que ellas son las soñadoras y nosotros los aferrados al espíritu práctico. Menos mal que Belén sí aceptó mis reflexiones y se puso de mi lado. Ella también confesó el punto de melancolía que se mezclaba con la euforia del último día de aventura. Seguro que, en el fondo, Raquel sentía lo mismo que nosotros, aunque se hiciera la dura y bromease diciéndome que si quería alargar el viaje sólo tenía que averiar la bicicleta o lesionarme.

–Si no te atreves tú solo, yo puedo ayudarte –dijo sonriendo.

–¿A qué, a romper la bici o a romperme yo?

–Mejor la bici; a ti te prefiero sin cicatrices.

Salí de Melide dándole vueltas a esa frase. ¿Acaso debía de ver en ella un rayo de esperanza? ¿Tal vez sólo era un cumplido? ¿Realmente le preocupaba mi salud? ¿Quizá lo dijo precisamente para mantenerme dudoso y pensativo? Lo mío con Raquel era una sucesión de enigmas y cada vez tenía mayor interés en descifrarlos.

Mientras hacíamos los primeros kilómetros de la etapa, en compañía de los holandeses y más ciclistas que salieron al mismo tiempo que nosotros, me propuse resolver otro misterio: quería confirmar mis temores sobre el tipo de sujeto que estaba detrás de Juan Peregrino. Para eso, cuando llegábamos a Portela, me descolgué un poco del grupo dejando que Belén y Raquel me sacaran unos centenares de metros de ventaja. Debieron de pensar que me quedaba rezagado buscando un sitio discreto para mear, pero en realidad me detuve en el refugio de Portela, situado al pie de la carretera, para echar un rápido vistazo al cuaderno de firmas.

En el interior del albergue había un par de peregrinos, comiendo un bocadillo, que se extrañaron de mi rápida irrupción: entré, les saludé y busqué el cuaderno sin entretenerme en nada más. Pasé con energía las páginas de las últimas jornadas y enseguida encontré lo que buscaba. ¡Allí estaba, destacado, con su caligrafía perfecta, el mensaje de Juan Peregrino! Menos de diez kilómetros después del anterior. Lo leí: *«Si has sentido lo mismo que yo durante este impresionante trayecto,...»*. ¡Era idéntico! Calcado, palabra por palabra, del que había escrito en Melide. No necesitaba ver más. Salí a toda velocidad, dejando un poco alucinados a los dos únicos ocupantes de aquel recinto.

Casi tenía a la vista otro pueblo, Arzúa, donde sabía que también había refugio para peregrinos, así que opté por no esforzarme para alcanzar a mis compañeras. Me mantuve rezagado los pocos kilómetros que me separaban de ese punto y allí repetí mi actuación. Dejé la bici en la puerta del albergue de Arzúa, también situado en la misma orilla de la carretera, entré corriendo, busqué el cuaderno y otra vez me topé con la misma historia: *«Si has sentido lo mismo que yo durante este impresionante trayecto,...»*. ¡Increíble pero cierto! ¡Aquel individuo iba repitiendo la misma frase por todos los refugios cercanos a Santiago! ¿Qué clase de peregrino haría algo así? ¿Qué oscuro interés le llevaba a ser tan machacón?

No tenía tiempo que perder y reemprendí la marcha para dar captura a Belén y Raquel. Pedaleé con fuerza, tal vez movido por la rabia de mi descubrimiento. Estaba convencido de que sólo podía haber algo turbio detrás de ese empeño por dejar el mismo mensaje en todos los refugios. Eso sólo podía hacerlo un obseso, una mente enferma, o quizá un bromista. En cualquier caso, me preocupaba lo que pudiera pasarle a Belén y me prometí que seguiría sus pasos en Santiago, que en ningún momento la dejaría sola, por lo que pudiera pasar.

Por suerte no tuve que esforzarme mucho para atraparlas porque ellas mismas, extrañadas por un retraso que se prolongaba más de lo normal, decidieron detenerse a esperarme.

–¿Qué pasa? –preguntó Raquel cuando nos reencontramos–. ¿Has decidido hacer la última etapa a cámara lenta para saborearla más?

–Tenía urgencias inaplazables –mentí–. ¿No pretenderás que te las cuente?

–No; mejor ahórrate los detalles.

Preferí no comentarles nada de mi descubrimiento. No quería discutir con Belén –lo habría tomado por un nuevo entrometimiento– ni alarmar a Raquel haciéndole creer que íbamos tras un psicópata. A lo mejor sólo era un idiota inofensivo.

El terreno que seguíamos no ofrecía grandes desniveles, pero sí pequeñas subidas y bajadas que animaban la marcha. No nos hubiese parecido una etapa difícil de no ser porque el número de vehículos crecía cuanto más nos aproximábamos a Santiago. El tráfico recordaba al de las proximidades de las otras grandes ciudades del camino. Pamplona, Logroño, Burgos, León. Coches, camiones, furgonetas. Y cada vez más peregrinos; andando, en bicicleta, parados en una cuneta haciendo un pequeño descanso...

Nosotros también nos detuvimos a echar un bocado. Lo hicimos en el pueblo de Rúa, a poco más de veinte kilómetros de Santiago. El corazón nos pedía seguir, porque se aceleraba con la proximidad de Compostela, pero aún teníamos la cabeza lo bastante fría para recordar que necesitábamos alimentarnos; que teníamos que ponerle combustible a las piernas para llegar cómodamente hasta el final, no fuéramos a coger un pájara por ir con prisas.

Los holandeses se pararon con nosotros, y también algunos de los que habíamos conocido durante la queimada: dos andaluces de Granada, y un inglés y un suizo que viajaban solos. Entre todos compramos pan y compartimos la comida que nos quedaba mientras comentábamos nuestros planes una vez llegásemos a Santiago. Había quien pensaba permanecer varios días y otros, como uno de los granadinos, que ya habían agotado sus vacaciones y no tendrían más remedio que volver a casa en el primer tren.

–No te va a dar tiempo para nada –comentó Raquel.

–Lo justito. Como se suele decir, lo mío va a ser llegar y besar el santo –comentó el andaluz.

–¿Te imaginas que llegamos y la catedral está cerrada por descanso semanal? –dijo su compañero.

–¡Entonces abro la puerta a cabezazos! –replicó–. Yo no me vuelvo sin ver el botafumeiro.

Creo que todos entendimos perfectamente lo que quería decir. Ninguno de nosotros se iría de Santiago sin entrar en la catedral, aunque para ello tuviésemos que escalar la fachada o colarnos por una rendija. Llevábamos muchos kilómetros pensando en ello como para plantearnos otro final.

Después de reponer fuerzas, retomamos nuestras bicicletas con la sensación de que ya no habría más paradas. Santiago estaba a la vuelta de la esquina. Pronto aparecería en el horizonte la razón que nos había hecho pedalear durante cientos de kilómetros.

El último tramo lo hicimos con una energía fuera de lo común. En lugar de mostrarnos cansados por lo mucho que llevábamos recorrido, nos sentimos ligeros, como si una mano invisible nos empujase en los repechos. Así fuimos pasando por las últimas aldeas, pequeños grupos de casas en cuyo nombre apenas nos fijábamos, tan sólo nos parecían parte de la cuenta atrás, el 3, 2, 1 que precede al lanzamiento de un cohete y que a nosotros debía situarnos, en cuestión de minutos, en la órbita de Santiago de Compostela.

Por fin pasamos por el aeropuerto de Lavacolla. Un avión estaba aterrizando y pensé que no me gustaban los viajes rápidos, que lo más emocionante no es llegar, sino disfrutar del trayecto.

–¿Os dais cuenta de que en una hora de avión haríamos el mismo recorrido que nos ha costado quince días en bici? –comenté cuando dejábamos atrás la pista de aterrizaje.

–Si sumas lo que cuesta llegar al aeropuerto y facturar el equipaje, más la posibilidad de algún retraso por la niebla, una huelga de pilotos o que te pierdan las maletas, prácticamente se tarda lo mismo –dijo Raquel, en pleno ataque de exageración.

–Y además te quedas sin paisaje –añadió Belén–. Vas de un sitio a otro como un rayo, sin apreciar todo lo bonito que hay por el medio.

Tal vez con los años cambiaríamos de opinión, pero de momento éramos geniales justificando nuestro rechazo a los aviones. ¿Sería falta de dinero o miedo a volar? Dejé de pensarlo cuando ascendíamos al Monte del Gozo. Al final de la cuesta veríamos

Santiago y se acumulaban demasiadas sensaciones como para reflexionar sobre otras cosas.

Era la última subida. Mientras la hacía me acordé del Cebreiro, de Foncebadón, de los Montes de Oca, de todas las cuestas que habíamos subido pacientemente. Y me acordé de David, de Kino y Alicia, de Loreto, de Juanma. Me hubiese gustado verlos junto a mí, como veía a Belén y Raquel, que subían apretando los dientes, descargando con fuerza cada golpe de pedal.

Arriba, por fin, apareció Santiago ante nuestros ojos, con las agujas de la catedral destacando entre otros edificios. Fue un momento especial; no exactamente como el de los náufragos al ver tierra firme, quizá más parecido al encuentro con un familiar lejano del que te han contado maravillas, pero al que todavía no conoces.

En el arcén de la carretera nos esperaban Klaus, Dirk y otros peregrinos ciclistas. Estaban haciéndose fotos con la ciudad al fondo. No era el sitio más bonito para posar –la circulación era intensa; demasiados coches en el decorado–, pero nosotros también sacamos la cámara porque no importaba el fondo artístico, sino guardar un recuerdo de aquel preciso instante. Otros que llegaban después repetían el mismo ritual, a veces acompañado de besos, abrazos y alguna lágrima de emoción.

Después de inmortalizar ese momento, ya estábamos listos para alcanzar la meta. Todos salvo Raquel, a quien le entraron unas extrañas dudas de última hora:

–Casi me apetece dar la vuelta aquí; sin entrar en Santiago –dijo, sorprendiéndonos a los demás.

–¡¿Te has vuelto loca?! –exclamó Belén.

–Lo digo por conservar la magia del Camino. Me

temo que ahí abajo nos encontraremos con un montón de turistas. Si diésemos la vuelta ahora, siempre conservaríamos ese ideal mítico sobre Compostela.

–Eso que dices es muy bonito –admití–, pero si le digo a mis padres que me he vuelto atrás a última hora, que no he querido entrar en Santiago, ¡me echan una bronca que se oye en la cumbre del Aneto! Ten en cuenta el dinero que me han dado para el viaje. Por lo menos tengo que mandarles una postal.

Teníamos tantos argumentos para no hacerle caso que Raquel los admitió con una sonrisa; confesó que había sido por ponerle un poco de emoción al último kilómetro y montó en la bici sin planear más disparates. Un segundo después nos deslizábamos suavemente por la cuesta abajo, sin esfuerzo, como si nos arrastrara un potente imán situado en el mismo corazón de la capital gallega.

Llegar desde allí a la plaza del Obradoiro fue rápido y sencillo, y cuando nos vimos en aquel lugar nos faltaron palabras para expresar lo que sentíamos. ¡Lo habíamos logrado! Allí estábamos por fin, en una de las plazas más hermosas del mundo, y para venir sólo habíamos necesitado el empuje de nuestras piernas, algo de voluntad y un poco de fortuna.

Fuimos directos hacia la catedral, que destacaba imponente sobre los otros edificios. Apoyamos las bicis al pie de la escalinata y nos fundimos en un abrazo los tres.

–¡Lo conseguimos! –decía Belén, eufórica, entre besos y risas–. ¡Lo próximo, la vuelta al mundo!

De repente nos veíamos capaces de cualquier hazaña (bueno, de casi todas, porque en ese momento me parecía más fácil conquistar el Everest que ablandar el corazón de Raquel). Compartimos nuestra alegría con los otros peregrinos ciclistas con quienes habíamos concluido la ruta, y luego también nos organizamos en turnos con ellos para que unos visitaran el templo mientras los otros vigilaban las bicicletas.

Belén se encargó de explicarnos todo lo que debíamos hacer al traspasar el Pórtico de la Gloria y seguimos sus instrucciones al pie de la letra. Primero apoyamos los cinco dedos de la mano derecha en los huecos correspondientes de la columna que hay a la entrada. Mientras lo hacíamos, solicitamos tres deseos como manda la tradición.

–¿Quieres que te diga lo que he pedido? –le susurré a Raquel.

–Si lo cuentas no se cumple.

–Entonces me callo.

Después tuvimos que dar unos ligeros cabezazos sobre la figura del Maestro Mateo, el Santo d'os Croques, la escultura que recibe los coscorrones de todos los peregrinos.

–¿Y esto para qué sirve? –le pregunté a Belén, mientras me acariciaba la frente tras los golpes.

–No lo tengo muy claro, pero hay que hacerlo.

Pues nada que objetar. Nos hubiésemos colgado cabeza abajo de la fachada si ésa hubiera sido la costumbre. Éramos unos peregrinos de manual, totalmente respetuosos con las normas. Así que luego nos dirigimos a abrazar al santo, entrando por detrás del altar donde se halla su busto y rodeándolo con nuestros brazos como si fuera un colega, un amiguete, un familiar. No sé quién inventaría esos hábitos, pero resultaban curiosos. No me imaginaba abrazando santos en ningún otro lugar, y mucho menos golpeando mi cabeza contra otras esculturas de piedra. Pero allí todo nos produjo una extraña emoción, que aún se vería incrementada al tener la suerte de ver cómo ponían en marcha el botafumeiro.

Nada menos que siete hombres se encargaron de empezar a mover aquel enorme incensario, que pronto empezó a balancearse arriba y abajo, a lo largo del crucero de la catedral, llenándolo todo con su aroma a iglesia, un olor especial, el que uno se imagina en un lugar lleno de santos y de ángeles.

–¿Y si se suelta? –me comentó Raquel, mientras mirábamos hipnotizados los espectaculares movimientos del botafumeiro.

–Pues más vale que no te pille, porque te manda a Finisterre del golpe que te da.

No se soltó. Al concluir su majestuoso vuelo sobre los cientos de personas que estábamos en la catedral, nosotros nos marchamos. De allí fuimos a la parte posterior del templo, a la oficina donde dan las *compostelas*, el documento que acredita haber realizado el Camino de Santiago. Un cura nos pidió las acreditaciones que habíamos sellado en los refugios por donde pasamos y, después de comprobar que estaban en regla, inscribió nuestros nombres en un gran cuaderno y nos extendió un pequeño documento escrito en latín.

–Pienso ponerlo en un marco –dijo Belén.

–Pues yo lo voy a llevar en la cartera para enseñárselo a todo el mundo –confesé, en pleno delirio exhibicionista.

–Yo se lo regalaré a mi abuela –dijo Raquel–. Le va a hacer más ilusión que a mí.

Inmediatamente después buscamos un teléfono y nos gastamos todas las monedas en llamar a la familia y los compañeros que habíamos perdido por el camino. A Kino, Loreto y Juanma no los localizamos. Alicia estaba en casa y se alegró como si hubiera llegado con nosotros. A David lo pillamos en la tienda y reconoció que se moría de envidia.

–No sabes lo que daría por estar allí con vosotros –me comentó.

–Esto hay que repetirlo –dije, para darle ánimos–. ¡Y la próxima vez salimos desde más lejos!

En ese momento me sentía con energías para hacer veinte caminos más. Pero en realidad ya estaba todo hecho. Nuestra aventura había finalizado. Se acabó. Alcanzado el objetivo, sólo nos quedaba disfrutar de unos días de descanso y sacar los billetes de tren para el regreso. Al menos ése era el sentimiento que teníamos Raquel y yo, pero a Belén le quedaba algo por descubrir para rematar el viaje: tenía una cita pendiente con Juan Peregrino. Quince días persiguiendo una sombra a la que esperaba poner voz y cuerpo en esa misma jornada.

No nos dijo nada al instalarnos en el refugio, y tampoco cuando salimos a pasear por la ciudad en compañía de otros peregrinos. Belén disimulaba, pero yo la veía mirar el reloj con demasiada frecuencia, seguramente contando las horas para acudir al misterioso encuentro que una mano anónima había propuesto con tanta insistencia.

Tomamos algo por el centro y luego, cansados por una jornada en la que el esfuerzo y las emociones se habían aliado para agotarnos, regresamos al albergue. En el camino de vuelta, Belén inventó una excusa para dejarnos.

–Yo iré un poquito más tarde –dijo, tras detenerse en una esquina–. Voy a saludar a unos conocidos de mis padres que viven por aquí cerca.

Eran cerca de las diez y yo sabía perfectamente lo que se ocultaba tras esa disculpa. Pero disimulé, y le hice un gesto a Raquel para que no hiciera preguntas. Dejamos que Belén se marchara y segundos después fui yo quien buscó un pretexto para separarnos de nuestros compañeros de residencia. Dije que me había olvidado una pequeña agenda en el último bar y le pedí a Raquel que me acompañara. En cuanto estuvimos solos, le confesé mis verdaderas intenciones.

–Belén va a encontrarse con el que dejaba los mensajes en los refugios, y tú y yo la vamos a seguir porque no me fío de ese asunto.

Raquel se había olvidado por completo de Juan Peregrino y alucinó con mis explicaciones. Pero no había tiempo para entrar en detalles. Yo me había encargado de indagar durante la tarde dónde se hallaba la plaza de José Carril y salimos corriendo en aquella dirección. Aún teníamos tiempo para alcanzar a Belén porque esa plaza no estaba cerca y seguramente ella caminaría despacio para no llegar antes de la hora prevista.

En efecto, poco después la vimos justo en el momento en que entraba en un parque; nosotros lo hicimos detrás, a una prudente distancia, pero lo bastante cerca para verla en el momento en que ella se detuvo junto a un parterre, miró disimuladamente a ambos lados –nosotros nos ocultábamos tras un gran roble– y se agachó para arrancar una flor.

–Ya ves lo que hace la pasión –le susurré a Raquel–; ahí la tienes, arriesgándose a que le pongan una multa.

–No entiendo por qué hace eso...

–Es la contraseña para reconocerse. Tiene que llevar una flor en la mano. Si tú me pidieses algo así, arrancaría el jardín entero.

Raquel, además de llamarme tonto, me dio un suave cachete. Nunca me había sonado tan bien un insulto ni había disfrutado tanto con una bofetada. Será verdad que, como dicen, el amor es puro masoquismo.

Seguimos a Belén cuando salió del parque y prosiguió por unas calles estrechas en las que se detuvo un par de veces para preguntar la dirección correcta. Apenas pasaban cinco minutos de las diez cuando llegamos a la plaza de José Carril. Nosotros nos quedamos fuera, al abrigo de una esquina, mientras Belén la recorría un tanto desconcertada. Era un sitio pequeño, con escasa iluminación, silencioso, sin bares y con algunos comercios cerrados. Un lugar muy discreto, por donde sólo se veía pasar algunas personas que entraban en los portales. Nadie, aparte de Belén, llevaba una flor en la mano.

La vimos situarse en el centro de la plaza y mirar a su alrededor. Nosotros permanecíamos pegados a la pared, medio agachados para que los coches aparcados ocultaran aún más nuestras siluetas.

–Todo esto es muy extraño –susurró Raquel.

–Ya lo creo –asentí–. No me extrañaría que se tratase de un loco peligroso.

Tuve el tiempo justo para acabar la frase. No pude añadir ni una palabra más. Cuando me armaba de coraje para enfrentarme a Jack el Destripador, cuando buscaba por el suelo algún objeto contundente con el que salir en defensa de Belén, cuando calculaba en cuántos saltos estaría a su altura para detener un posible ataque, de repente el mundo se transformó por completo y acabó con todos mis pensamientos.

Fue como un fogonazo. Súbitamente la plaza se iluminó con cuatro grandes focos situados en las cuatro esquinas, focos que dirigían su luz al centro, exactamente encima de Belén, mientras de algún lugar que no veíamos surgió una música potente, un sonido de película que nos dejó aturdidos y sin habla.

Podíamos pensar que era el juicio final, el apocalipsis antes de hora o una aparición celestial, un milagro del apóstol que nos quería recompensar por haber finalizado el Camino, pero entonces apareció en la plaza una furgoneta de donde salieron cuatro hombres con grandes ramos de flores, y observamos que en los balcones había varios individuos con grandes cámaras, y para acabar de sorprendernos también vimos a un tipo trajeado que se dirigía hacia Belén con un micrófono en la mano. Si no estábamos soñando, aquello era un programa de televisión.

–¡No me lo puedo creer! –exclamó Raquel.

–Pues imagínate lo que se creerá Belén después del susto que le han dado.

Belén estaba aturdida, como lo estábamos nosotros y lo estaban los vecinos que se asomaban a sus ventanas atraídos por aquel espectáculo imprevisto. Apenas podíamos verla, rodeada por el presentador y aquellos azafatos que la querían cubrir de flores.

Necesitábamos una explicación, pero no pudimos tenerla hasta que los cámaras hicieron su trabajo y pasó todo aquel follón. Entonces fue cuando nos reunimos con Belén –todavía temblaba– y aquellos hombres nos explicaron a qué jugaban.

Se trataba de la grabación de un programa destinado a promocionar el Camino de Santiago. Pronto habría un nuevo Año Santo Compostelano, un Xacobeo, y en las vísperas querían mostrar diversas visiones de la ruta. El programa se llamaba «Los caminos de Santiago» y tenía diferentes capítulos: «Los caminos del Arte», «Los caminos de la Sabiduría», «Los caminos de la Unidad Europea»,... el que le correspondía a Belén se titulaba «Los caminos de la Amistad y el Amor» y era el toque humano y romántico de la serie.

Durante ocho semanas, los técnicos del programa se habían dedicado a dejar mensajes en los refugios. Una semana los firmaba nuestro viejo conocido, Juan Peregrino, y la siguiente era una supuesta mujer, Rosa Peregrina; ambos igual de falsos. Tan sólo se pretendía suscitar el interés de alguien que quedara prendado de aquellas frases y acudiese a las citas a ciegas que proponían en diferentes rincones discretos. Una semana aparecieron hasta cuatro peregrinos, pero en otras no había picado nadie. Belén era la primera que mordía el anzuelo de aquella última tanda, y se dudaba que lo hicieran muchas más porque las mujeres, curiosamente, respondían menos.

–¡Pero entonces todo ha sido un engaño! –exclamó, indignada, cuando los focos se apagaron y las cámaras dejaron de grabar–. ¡Me han utilizado como conejillo de indias!

–Olvídate de eso y piensa en el premio –le dijo el productor, dándole palmaditas en la espalda.

Eso fue lo único que impidió a Belén sacudirle un puñetazo en el hígado y una patada en la entrepierna. Me refiero al premio, no a las palmaditas. Aquel engaño tenía como recompensa una estancia de una semana, para dos personas, en el famoso Hostal de los Reyes Católicos, el impresionante parador situado en plena plaza del Obradoiro. El cuerpo le pedía golpearlos con las flores en la cabeza, pero el premio era un buen argumento para contenerse.

Le explicaron que tenían cámaras instaladas en diferentes puntos de la ruta jacobea, que en el montaje final de las imágenes aparecería ella, y nosotros, y miles de peregrinos más; que dentro de unos meses podría verse en la televisión visitando la catedral de Burgos o durmiendo en el refugio de Rabanal, y que con esa producción sólo querían dar una idea del entusiasmo y el idealismo con que tantas y tantas personas hacían aquel recorrido. No la convencieron del todo, pero aceptó las excusas y tragó. Tan sólo quiso que le aclarasen una duda.

–¿Qué pasó con los mensajes en Carrión de los Condes y en El Burgo Ranero? –preguntó Belén, todavía extrañada por aquellas ausencias.

–Problemas técnicos –respondió el productor.

Nos aclaró que en Carrión se habían sentido descubiertos por la hermana del párroco y prefirieron arrancar la página rápidamente antes de que ésta les reventara la sorpresa. En cuanto al Burgo, simplemente lo olvidaron; a causa de su tamaño, no le dieron importancia. Como se desplazaban en coche, salieron de Sahagún por la autovía, disparados hacia Mansilla de las Mulas, ignorando los tres pueblecitos que quedaban al margen de la carretera principal.

Ésa era toda la historia. Belén se llevó una enorme decepción, aunque tratamos de animarla diciéndole que, después de todo, no estaba mal empezar el Camino de Santiago con una simple peregrina y finalizarlo como parte de un documental.

–Pues yo me siento como la protagonista de un culebrón –dijo amargamente.

–No, de eso nada; como mucho un *reality show* cultural –dije para levantarle la moral–. A lo mejor has inventado un género.

Eso no redujo su enfado, pero al menos le sirvió para sentirse importante, recargar las pilas y coger fuerzas para discutir con los de la televisión. Les exigió que, ya que la habían engañado, la semana de estancia en el Hostal de los Reyes Católicos debía ser para tres personas, los tres supervivientes de nuestra expedición. Hubo un tira y afloja, consultas entre los ejecutivos de la tele, llamadas telefónicas y una contraoferta final: podíamos alojarnos los tres, pero cuatro días en lugar de siete. Aceptamos. Después de todo, no teníamos intención de permanecer más en Santiago.

La última exigencia fue que nos trasladaran al refugio para recoger nuestras cosas. Ahí no hubo ninguna discusión. Nos montaron a los tres en una furgoneta y pusimos rumbo al albergue para rescatar las bicis y nuestros equipajes. Belén seguía seria, pero Raquel y yo nos habíamos recuperado de la sorpresa y bromeamos durante el traslado.

–Por lo menos esta noche nadie nos hará dormir en el suelo –comenté.

–No te fíes. Cuando nos vean en el Parador con estas pintas, a lo mejor nos mandan a las habitaciones del servicio.

–Vale. No me importa; pero que nos den a ti y a mí la misma llave.

Raquel sonrió. Después se reclinó sobre mi hombro y pegó mucho su boca a mi oído para que no nos escuchara nadie.

–Díme qué deseos has pedido en la catedral –susurró.

No abrí la boca. Se lo dije solamente con la mirada

porque esa noche no quería arriesgarme a romper algún hechizo. El día estaba siendo demasiado sorprendente como para no creer en milagros, así que convenía guardar silencio por si aún tenía algún duende a mi favor para poner la guinda más hermosa a mi Camino de Santiago.

- última etapa
- Francho descubre mensajes idénticos de Juan Peregrino
- llegada a Santiago, Catedral → costumbre
- Belén sigue instrucciones de Juan Peregrino
  ↳ plaza escondida
    ↳ engaño, publicidad de tele → enojada
      ↳ premio: 4 noches para todos en hotel